根

倪特默——著

成都时代出版社
CHENGDU TIMES PRESS

图书在版编目（CIP）数据

根 / 倪特默著 . — 成都 : 成都时代出版社 , 2023.9
ISBN 978-7-5464-3236-6

Ⅰ . ①根… Ⅱ . ①倪… Ⅲ . ①长篇小说—中国—当代
Ⅳ . ① I247.5

中国国家版本馆 CIP 数据核字（2023）第 047708 号

根

GEN

倪特默　著

出 品 人　达　海
责任编辑　樊思岐
责任校对　李　航
责任印制　黄　鑫　陈淑雨
装帧设计　汇文书联
出版发行　成都时代出版社
电　　话　（028）86785923（编辑部）
　　　　　（028）86615250（发行部）
印　　刷　武汉鑫佳捷印务有限公司
规　　格　170 mm × 240 mm
印　　张　12
字　　数　220 千字
版　　次　2023 年 9 月第 1 版
印　　次　2023 年 9 月第 1 次印刷
书　　号　ISBN 978-7-5464-3236-6
定　　价　88.00 元

献给

我的父母，

我的丈夫，

我的儿子——

以及那些爱我的人，

在我成长的岁月里，

你们的爱陪伴我前行一程又一程，

在那狂风暴雨的日子里，

你们的爱赐予我信心和力量！

—— ＊＊＊＊＊＊ ——

又过年了，我站在窗前，想起小时候新年前的一个早晨，母亲一边糊着窗户纸一边说："窗户纸上针眼大的一个洞，就能进斗石的风。"

目录 CONTENT

楔　子

梅出生

60 年前的农历十一月初七，咸阳市法院街 29 号院，住着倪文朗先生一家人。

46 岁的倪太太将要临产，46 岁即使放在现在也是高龄产妇，而那时没有产检也没有预产期，产妇只能数月份和凭着感觉来估算什么时候生孩子。那年代居住在城市的普通孕妇一般都在家里生孩子，但会请一个接生婆来家里助产。

倪太太将要生下她的第 7 个孩子，新生儿的衣物她已做好了，分娩用的席子和褥子她也预备了，接生用的剪刀、产包她也准备好了。

这天早晨起来一开门雪花飞舞，寒风裹挟着雪花飘进了屋里，房顶和院子里铺了一层洁白松软的寸雪，纷飞的瑞雪从夜半下到早晨。那时平房没有暖气，下雪天家里非常寒冷。为了让家里暖和一点，倪太太把火炉子烧得很旺。上午 9 点过后，她见红了，而且立刻就感到阵痛，她知道自己快要生了，但现在家里就她一个人，来不及请接生婆了。她可能得自个儿生孩子，她预先在地上铺好了席子和褥子。

这时恰好对门的芹大婶来了："大雪妈妈，大雪妈妈，给我借个火，昨晚我家炉子又灭了。"说着她就推门进来了，她左手拿着铁铲，上面放着三四块煤球，右手拿着火炭夹子。

倪太太说："她芹婶，我马上要生了，一会你能帮我接生吗？"

"麻（妈）呀！我可是没有接生过！"话虽如此，但芹大婶还是应了下来。

约一小时后，倪太太的阵痛越来越厉害，她席地而卧，顺产生下了一个婴儿。

新生儿"哇啊——哇啊——哇啊——"的一声声清脆婴啼，打破了大雪天的寂静，妈妈知道她生下了一个健康的婴儿，就这样，我来到了这个世界。

芹婶恐慌地说："额（我）害怕得很，额不敢动刚出生的月子娃！"

倪太太只得自己坐起来，剪了新生儿的脐带，打结系好，她用小褥子把新生儿包起来放在炕上，给新生儿擦净了脸。她看着新生儿欣喜地说："是个女娃!"

她看着刚出生的女儿"天生丽质、福相惹眼"，瞬时喜悦得竟忘记了产痛。

当她看见新生儿右臂上有一溜三点深灰色胎记时，又惊又喜!

芹婶看着高兴地说："恭喜你! 又添了个碎女子!"

芹婶借火的煤炭烧好了，她用锨端着红红火火的炭火走了。

晚上倪文朗踏雪归来，站在门口抖抖帽子拍拍身上的雪花，转身进家门看到眼前的情景，惊喜地问："今天你生了?"

"嗯嗯，生了一个女儿。"

"感谢上苍!"

他春风满面地看着新生女儿，欣喜地把她抱在怀里："老来喜得一千金! 人间奇绝，只有梅花枝上雪。给女儿起个名字叫'梅雪'。"

小小梅雪——也就是我——给家里带来梅花数点，一室生春，从那天起我便踏上了人生旅程!

石家庄

2021 年 1 月 6 日星期三，疫情在河北石家庄突然爆发。当天零时石家庄开始实行闭环管控，通知市民在家待三天，各小区的大门封闭，不允许人出行。

前一天晚上外甥孙女淘美来给我送东西，晚 8 点上网课的时间到了，她就在我家上网课，到晚上 10 点上完网课，我便留下淘美："淘美，天气很冷，天色也很晚了，今晚你就住我家，明早你直接上学去。"

"嗯。我给我妈说一声。"

这晚淘美在我家住一宿。第二天早晨起来，小区就被封了，她给妈妈打电话，她妈妈说："咱们小区也被封了，你先待在梅奶奶家吧。"接着她看到学校通知，暂停去学校上学。

早晨我在书房。淘美蹑手蹑脚地上楼走进书房找我。

"梅奶奶，我们家小区也被封了，我妈说让我暂时待在你家。"淘美笑吟吟地说。

"好啊。我可喜欢你住我家了。你5岁的时候，你妈带你来我家，原本按辈分来说，你妈叫我梅奶奶，你应该叫我老奶奶。但是你喃喃地说：'我要叫你梅奶奶，我不想把你叫老！'你小小年纪这么会说话，我不想把我叫老，我是感激涕零啊！"

"嗯嗯。"洵美睁大眼睛看着我。

"每天要过得充实一些，一天很快就过去了。"

"在家里怎么能过得充实呢？"

"不闲着、不无聊就是充实。家里可是最有活干的地方。"

"家里吗？"

"嗯。洵美你在家做家务活吗？"

"做家务？也做也没怎么做，每晚回到家做完作业就没什么时间了。"

"是。你现在正是学习的时候。少年时能上学读书是很幸运的。学文化学知识，将来你要做一个有用的人。"

"嗯呢。老师也是这么说的。"

"多读书多掌握知识，在以后的生活中就会得心应手地处理问题。希望人心善良是不行的，我的一生大多都是在纠错中度过，不停地付出无知的代价。当时认为这件事是好的对的便做了，结果却事与愿违！"

"我喜欢上学读书，但我从小缺少上学的机会。我是被边缘化的人，我像一个游子，到处流浪的局外人！"

"梅奶奶，你没上过学吗？你看上去是很有文化的，我妈妈也说梅奶奶是有知识有文化的人。"

"哦。我很喜欢读书。我没怎么上过学，我懂得的一点都是看书知道的，还有一些阅历。你问我上过学吗？"

"嗯呢。"洵美看着我。

"我小时候上学上了两年半，到三年级第一学期一半时，就离开学校跟随我父母回老家山西垣曲鹅沟村。"

"那时我家在陕西省咸阳市法院街29号院，那儿也是我的出生地。"

"那是1966年10月底，我和父母还有二哥回到老家山西垣曲鹅沟村，从那时起我就没怎么上学了。"

上学读书

幼儿识字

幼儿时期的我没有上过幼儿园，父亲是我的启蒙老师，在我三四岁时，父亲教我识字、数数。他用钢笔写字，写一个让我认一个。数字1、2、3、4、5、6、7、8、9、0是父亲教的，他教我把数字从1数到100。教我认个、十、百、千、万、亿等汉字数字。他教我简单的加减法。还让我背诵一些简单的古诗句。

父亲当天教我的内容，第二天他问我时，我都回答对了。他说："小梅记性很好，以后上学读书，将来会是个才女。"

大姐和二姐是咸阳纺织厂的工人，她们家的孩儿在厂里上幼儿园，周末回来时，姐姐让孩子们给姥爷背诵儿歌，她们朗诵完一首，我就记住了，也能背诵下来。姐姐也说："小梅很聪明。"

我6岁时的那年冬季，我随母亲和大姐家的两个孩子，女儿4岁、儿子1岁，还有二姐家的3岁大的儿子，我们去了陕西铜川，当时大姐夫在铜川煤矿服役，冬天他住的房子有大铁炉子烧的煤火，比较暖和。

那一年冬季我们离开咸阳，离开了父亲，他就没法教我识字了。

花小上学

我7岁上小学。小学一年级到三年级是在咸阳市花店巷小学上的，我的学习成绩很好，一年级到三年级我的考试成绩全是满分，语文、算数每学期都是双百（100分），学过的小学语文课本我从头到尾地背得一字不差。老师让我做监考生，就是让我监督其他同学背课文。我其他的课目也很好，音乐、美术、体育课，尤其体育课，每学期每个项目比赛，我都是第一。

在花小我入少先队是班上最后一拨入的，到了二年级后半年我才成为少先队员，戴上红领巾的那天，我高兴得手舞足蹈。上三年级时有件事令我伤心了很久，那年要庆祝六一儿童节，各班要准备一个节目，我们班是一个小合唱，由十几个学生组成，我们排练了好长时间，上演的前两天，老师让我们每个演节目的学生准备一双白色球鞋，我回家给妈妈说了，妈妈听了很高兴，她领我上街买鞋，我们走了好几家店选鞋，每次都听到妈妈和人家讲价钱："能不能便宜些？""还能便宜些吗？"后来买了一双白色回力鞋，母亲说："这双鞋贵一点但它质量好。"我乐不可支。六一儿童节那天我穿着白衬衫、蓝裤子、白鞋子，戴着红领巾，我早早出发，一路上我小心翼翼地走路，唯恐把我的鞋弄脏了，我准时到了学校，我们这些表演的学生都要到教师办公室化妆，我已经化过妆了，我们在后台等候上台表演时，老师和另一个老师来了，还领了一个同学，她们走到我跟前，老师把我叫到一边说："倪梅雪，今天你不能表演了。"我顿时傻了，老师又说："你把你的白鞋脱下了让某某穿上。"我就把我的新白鞋脱下让那个同学穿上，等她表演完了，我才穿上我的白鞋回家了。从此后，我再也没有穿过那双白鞋。

临场被换掉，我感到不高兴极了！

第二天早晨上学，我和同学苗苗一起走路时，苗苗说："倪梅雪你知道为什么不让你参加演出吗？"

我摇摇头。

"我听赵老师给李老师说，好像是你父亲的缘故。"

"啊！是这样呀！"当时我不知道我父亲怎么了以致影响了我表演。

那次我尝到了被歧视的滋味，我不开心了很久。

1966年9月的一天，我家被通知要马上离开咸阳。当时听说我们家要离开咸阳了，我愉快地想着赶紧离开这里吧！

居住简陋

我们回到老家山西垣曲鹅沟村，我快乐的梦被打得粉碎！碎成一地灰尘。

1966年10月底，我随父母回到山西垣曲鹅沟村。

我们到了鹅沟村，生产队腾出一个牛圈让我们一家人住，位置在鹅沟村西头，一座北舍房子西侧的一间偏角房，八九平方米，里面圈着五六头牛。把牛赶出去，把圈里的牛粪清理掉。父亲在屋里用树干支了一个床架，铺上木板，上面铺一层秆草，然后铺一层黄麦菅，上面再铺上一个褥子。那时我们没有床单，床上有两个被子。我们一家四口就住在这个牛圈。十冬腊月滴水成冰，这个房子四处露风，寒冷得冻人。

父亲在门外露天的房檐底下做了一个锅台。

这个院子的东舍住着一个老年饲养员一家5口人。

住到年底，父亲跟生产队长谈，把北舍正房给我们住，北舍是马房，北舍大约有30平方米，西边有一个隔断间，外间东养着村里的三四匹马，隔断里间有一个炕是饲养员住的，生产队让父亲掏500块把这个马房买了，才能让我们住。后来他们达成协议，这间马房就是我们家买的房子了。

过年时我们家就搬进北舍马房住，但马还得养一段时间，等队上找到养马的地方再牵走。父亲在隔断墙和马槽之间找了一块石板放着，35厘米宽，70厘米长，用石块支着50厘米高，旁边放了几块石头做凳子，这就是我家吃饭的餐桌。我们家人和三四匹马同吃同住。到了夏天马才被牵走。

眼前的家景，我们一家四口人住牛圈马棚，除了一家人盖两床被子，每人一身衣服，一个破旧的棕榈箱外，别无他物，家徒四壁，一贫如洗。

这样我们虽然住进了北房的里间炕上，但晚上的家门不能关，因为饲养员夜里要进来喂牲口。

那个炕头和外间连着，外间做了一个灶台，做饭烧火炕会热一点，但这个炕陈年老旧了，冬天也有跳蚤，而我被跳蚤咬了会过敏，身上一片一片的红肿。那时点的是煤油灯，母亲左手端着灯右手抓跳蚤。每天晚上母亲守着我抓跳蚤。

无论是住在马房还是牛圈，里面的马尿味和牛粪味还是很呛人熏人的。所以我们家一年四季不关门。

鹅沟上学

鹅沟小学的课堂，是生产队的会议室，一个教室里坐着全村的七八个小学生，从一年级到五年级，有一个男青年教师。两个学生上一年级，两个上二年级，两个上三年级，一个上四年级，一个上五年级。我是那个上四年级的，每天老师上课次序是，从一年级上到五年级。而且是三天两头放假不上课，暑假、寒假、秋收、夏忙都要放假，另外老师有时有事也不上学。

教室外面的大院子，是村子里的会场。大队经常转村轮流开批斗会就是在这里进行的。

开批斗会时，这天也不上学。

我在鹅沟上的一年多学，几乎没学到什么知识。

春　燕

春天来了，一对对小燕子飞到人家屋子房梁上衔泥做窝，我也希望燕子能在我家垒窝。

春深了燕子也没有来我家，我问饲养员的女儿："为什么燕子不来我家做窝呢?"

她说："燕子不进愁门。"

我在想："难道燕子懂得人间疾苦?"

我站在院子看着飞来飞去的小燕子，祈祷着："小燕子你来我家做窝吧!"

灵了! 那天我从学堂回来，一对小燕子来我家做窝了。我高兴极了。

燕子飞来飞去，夏天来时，燕子孵化出两只小燕子。燕子飞回来喂食时，小燕子叽叽喳喳叫个不停，我看见燕子一家就满心欢喜，它们给家里带来欢乐声。

春暖花开了，我常常望着我家对面的山坡，那山上的野花从春天开到秋天，

红、黄、绿、蓝、紫、白、粉，什么颜色的花都有，满山遍野的山花烂漫，有时我静静地看着山坡上的花，能闻到花香气息，好赏心悦目啊。

那时我家才算是真正住在花园了。

夏天的山坡上植物丛中有野鸡咯咯的叫声，山下的那条小河，水清有小鱼虾。村民在那里洗衣物，牛羊在那里喝水。

鹅沟群山

在鹅沟村里人吃水是通过村西沿小河的南边山下的一个石头泉水池，这个泉水池是在山脚下岩石上打了个一米五方圆一米深的水池子，水桶放进泉里打

水出来，舀一担水后，泉水就会下降一扎深，我好奇这泉水是怎么涌进石头水池的，我常来打水，好奇池水少了后，泉水又从哪里流进来。

夏季有一天晌午我担水回来时，有一个挑柴的村夫叫我："小梅，小梅，你妈在大后沟岭上哭呢?"

我放下水桶就从我家房后上坡往大后沟岭上跑，大后沟岭很高，它连着西北最高的天盘山，我上到大后沟岭一半路时，就听见母亲的哭声，她在岭北的半山腰坡上坐着面向天盘山，下面是石岩几丈深的大后沟。我走到她身边默默地站着，她还在大声哭，忽然她扭头看见了我，母亲停止了哭声，她两眼含着泪花说："小梅，你怎来了? 我是憋屈得想哭一场!"

我默默无语。

母亲站起来说："走，咱们回去。"

我们回去时是下坡山道，我们走得很慢，我抬头看着远山，东边的锯齿山像长城一样郁郁苍苍，西北天盘山顶有白雪覆盖，云雾缭绕，崇山峻岭，羊肠鸟道美不胜收。

夏季雨天非常多，天天都有过云雨，大雨中雨，雨过天晴后，山里横空而出的大彩虹鲜艳夺目就在眼前，我常常盯着彩虹看它消失在山间。

清晨群山环抱依山傍水，山间村子都有一层薄雾缥缈，宛若仙境，怪不得前面大队叫望仙村，鹅沟就是仙境人家。

清晨我去上学走在沟溪旁，溪水两边野草山花芳香四溢，晨雾轻飘飘，你一走动雾气就缭绕在半腿上，我好似那个花仙子。空气清新，天然氧吧，我也是氧气小美女。

星星哥

在这里我得感谢一个人，那个人是我母亲的堂侄星星，我叫他星星哥，那时他 30 来岁，长得高大魁梧，他喜爱打猎。1966 年 10 月底，我们回到山西垣曲，在上王村舅舅家住了几天后，就回老家鹅沟村。去鹅沟的那一天，是星星哥帮我们家担行李送我们上山，那是一条 45 里的崎岖山路，经常翻山越岭的他也没有去过，只是父亲还记得那个方向。那天天亮我们开始走，由于走得慢，我们走到天黑才到鹅沟，那天云迷雾锁乌云密布，我们走到半路时天下起雨来。

斗折蛇行潇潇雨，坡陡坎深步步艰。深山深秋风雨寒，我们老的老小的小，母亲还是小脚女人，步履蹒跚缓慢前行。

这使我们的行程更加艰难，走走歇歇，饿了吃一点带的饼子，渴了到山沟河边用手掬着水喝点山溪水。就这样我们走走停停，在泥泞冰冷中冒雨行走，到了上山下山坡陡路滑难走时，星星哥都会搀扶我们上上下下走过，到了河滩，星星哥会先过去放下担子，再过来扶我们过河，一路上星星哥像护卫一样照顾着我们每一个人。凄凉的雨滴落在我脸上，我衣服湿透了，鞋不住地打滑，我摔了好多次跤。我们走到了后半晌，走进长十里多深的大灌岭沟，沟的两边树林茂密，阴暗的沟底飞雨和落叶一起掉下，吧嗒吧嗒的响声惊心，枝叶密集的聚水突然哗哒一声从头顶浇下，让人提心吊胆。小河流水涓涓，雨水溪水淹没了凸凸凹凹的山石板小路，我们深一脚浅一脚地踏水前行。我体力不支，越来越走不动了，母亲说："我们不能停，也不能坐下歇，累了就站一下，如果天黑我们走不到，山里就会有野兽出来。"我一听吓得起一身鸡皮疙瘩，就拼命地往前走，我们走到灌岭沟顶头，父亲说："翻过这座山就到了鹅沟了。"我们一直走到天黑才到鹅沟。天持续下着雨，我们浑身淋得湿透，我们一天劳累疲惫不堪，可想我们一家老少的囧相了。

第二天早上星星哥背着他的猎枪走了，一路上星星哥耐心地陪护我们，没有任何怨言。那时我们也没有什么可答谢他，也没有说一声谢谢！

黄河滩

1968 年正月刚过完年，父亲病重，母亲请了 4 个村民把父亲抬下山，到了县医院看病，医生说："肝癌晚期，已经没治了。"母亲说："送你父亲去咸阳看病吧。"母亲又叫星星哥帮忙，将父亲送到咸阳治病。

那一路也很辛苦，上车下车，星星哥背着父亲走，尤其是在黄河岸上，我们从垣曲坐火车到侯马，再从侯马转车到风陵渡。

那时风陵渡没有黄河大桥，行人靠船摆渡过河。严冬河道冰封未解冻，人们在等坐汽车过河。

到风陵渡黄河岸边，已是那天的后半晌，星星哥背着父亲走了很远的路，才到黄河滩上指定的候车地点，那就是黄河岸上的黄河滩，只能让父亲坐在黄河滩的泥沙上。正月新年天凝地闭，黄河岸边寒风怒号，朔风扬沙，沙尘弥漫扑向人来，父亲低着头坐在黄河滩上，他穿着深蓝掉色成花白色的旧棉衣，戴着棉帽子，戴着口罩，我和母亲，还有星星哥站在他旁边，大风卷起的黄沙呼啸着一遍又一遍地往他身上撒，不一会父亲身上就被黄沙掩盖了，我看见母亲身上、头上也落了一层黄沙，我感觉黄沙吹进我嘴里，我转身背对黄风。就在这风沙呼啸，寒风刺骨，气温大约在零下7度的环境中，我们等了很久，来等车的人也越来越多，星星哥来回走动，他不停地问来人："车什么时候来？"来人都回答说："不知道。"

"车什么时候来？""不知道。"

"车什么时候来？""不知道。"

那时候我们没有手表，大伙只能傻等，天已近黄昏。在我眼里天地全是黄沙，我们饥寒交迫地等待，等到黄昏后天麻黑，"车来了！""车来了！"人群中有人呼喊，人们拿行李的响声、呼喊声和风沙交响声混杂。

车来了，是一辆大解放卡车，人们抢着上车，争先恐后，星星哥背着父亲，我们跟在他后面，不停地被别人抢先上，那是个大敞篷车厢，后车厢帮打开，有一个梯子搭在车上让人们上车，星星哥背着父亲，不停地被别人挤在后面，有的人都被挤倒了。等我们上车时，车上的人都站满了，父亲坐在车厢最后边，我站在车厢的右后角，地上有两个人喊叫："人往后上一点！关门啦。人往后挤挤，门关不上啦！"他们把后车厢帮扶起关上。车开了，汽车从黄河的厚冰上驶过，车开过了黄河后，车走的是蜿蜒曲折土路，两边是黄土高原，车上上下下颠簸晃动得很厉害，车晃时人们重心倾斜，车厢角的两厢帮对合处裂开一个大缝，我险些被甩下去，车在下坡颠簸晃动时，惯性把人们甩向我这边，我被挤压在车帮上喘不过气。这种情景一路上不时地重复发生。超载，超载，严重超载！那时人们没有这个概念。

车总算安全到达火车站，我们从风陵渡火车站乘火车凌晨5点到达咸阳，我和父母又回到咸阳法院街的家。一路上没有车的时候，星星哥都是背着父亲走，他没有任何怨言。第二天早上星星哥就走了，我们没有什么可答谢他，也没有说声谢谢！

一路上有星星哥的陪护，我和母亲都感到心里很踏实。

他为什么这样尽心尽力地帮我们呢？这就是亲情！

贫困患难，亲戚相帮。

果小上学

到咸阳的第 12 天，我的父亲倪文朗就与世长辞了，享年六十四岁。父亲去世后，母亲生病卧床不起，天天泪眼愁眉如有隐忧。我在咸阳待了 3 个月，就是给大姐家做饭洗碗洗衣物，擦桌子扫地收拾房间卫生，当小保姆。

妈妈看着我忧心忡忡地说："小梅儿，你要去上学念书的。"

"嗯。我去哪念书？"

那几天我妈去找了对门邻居家的儿媳妇，她在某个学校当老师，那人很热心，她介绍我去果子市街小学上学。

1968 年 6 月我去果子市街小学上学。

这次回到咸阳能有上学的机会我很珍惜，刚开始上学时我跟不上课，我起早贪黑勤学勤问，我经常第一个到校，后来跟上课了。期末升级考试我还考了前十名。9 月开学我上 6 年级了，我被选为小组长，在学校打扫卫生我干得非常好，有同学不会干的、不想干的活，我都替他们干了，这样我就比较受欢迎，在班上选班干部时，我被选上了学习委员，在同学跟前还是比较有威信的，那时的我每天还是很快乐的。

我去果小上学后，母亲就离开了咸阳。每天我除了上学还帮大姐家做家务，买粮、买煤、担水、做饭、刷锅洗碗，洗衣物、打扫房间卫生。

大姐在国棉一厂车间上三班倒，早班是早晨 7 点上班，早 6 点我起床做好早餐，她用餐后去上班，中班是半夜 1 点下班，她回家我起来给她开大门，夜班是半夜 1 点上班，我起来送她出门再关上大门。就这样天天如此，我做了约一年时间。

1969 年 4 月的某一天下午，我照常去上学，一个同学对我说："王老师叫你去她办公室。"她和我一起来到教师办公室，我见到老师问："王老师你找我？"

她对我说："倪梅雪，你不能再来上学了。"

我惊异地看着她，心中七上八下的，她继续说："你们居委会主任来找了校长，她说你没有户口，父亲也有问题，让你马上离开咸阳！"

"哦。"这如晴天霹雳，那天下午我呆呆地坐在教室里，没有心思听课做作业。

我不知道该怎么办。

第二天我还是来上课了，但是很心虚。王老师上课时她走到我跟前，她看了看我没说什么。

第三天我也来上课了，我心里很沉重，王老师上课时走到我跟前，她看了看我没说什么，快下课时，她又走到我跟前嗔视着我说："你怎么还不走？"

我胆怯地说："我大姐说她星期日时再送我走。"这是我第一次说谎话

老师接着说："你还是赶快走吧！"她说这话时，全班的同学都在看我，当时我羞得满脸通红感到很没面子。

放学了，我最后一个走。我又坚持了两天来学校上课，中午放学时，我和两个女同学一路回家，后面跟了三五个男生，也是这个班上最顽皮的学生，他们跟在我们后面嬉皮笑脸地喊叫："黑人黑户！黑人黑户！""黑人黑户！黑人黑户！"

瞬间，我顿感无地自容。

我回头看了他们一眼，有一个男生还往行人后面躲闪了一下。

他们一直跟着我们喊叫："黑人黑户！黑人黑户！"

同行中的两个女同学也惊异地看了我一眼。霎时间我自惭形秽。

他们从果子市街经过北大街到法院街口一直跟着我，喊："黑人黑户！黑人黑户！"有些行人也回头看他们，我像是被游街似的要笑捉弄。

一行中的那两个女同学到家分开走了。我独自走向法院街回家。

第二天我还是去上学了，一进教室同学们用各种惊异的眼神盯着我，有的嘀咕着低声嘲笑、斜视我。

上午下课时王老师嗔怒地说："明天你别来学校了！"

中午和下午放学时，那几个男同学依旧跟着我喊："黑人黑户！黑人黑户！"他们从果子市街跟着我走过北大街走到法院街口喊着："黑人黑户！黑人黑户！"街上的行人也不时地转头看着我。

我像是被游街似的戏弄，很难堪，我无可奈何。

第三天早晨，我又去上学，我走到果子市街小学大门口，我在学校门口徘徊着，徘徊着。我望着学校里面没有进去。

我深望着学校里面，教室的门窗桌椅，黑板讲台，老师讲课的神态，校园里每一个场景都浮现在我眼前。学校像一艘远航的船，它离我而去！

从此我没有再去果小上学。我被赶出了学校！

三天后我离开了咸阳市。

养小猪

1969 年 5 月我回到老家山西垣曲鹅沟。回家后就跟着母亲干活，也上山去打野杏。野杏仁可以卖钱，全村人都漫山遍野地上山去找杏林打野杏子。

夏季到了收麦季，山里的小麦熟得晚，全村老少都出来上山地收割麦子，我学会了用镰刀割麦子，打麦捆，拾麦穗。

鹅沟院里的饲养员家养了一头老母猪，母猪下的猪仔卖给村里人家，那年春季他家母猪下了 6 个猪仔，还有两个没卖出去，饲养员的老婆很犯愁，对母亲说："这两个猪娃没人要了，我家也养不起它们！"

母亲想帮她，说："要不我家养一个猪娃吧？"

"你抓一个猪娃去养，养一年猪大了可以卖钱，过年了还可以杀了吃肉。"

"猪娃多少钱一个？"

"卖给村里人一个猪娃 3 块钱，这两个猪娃我多养了两个月，你就加两块吧。"

母亲和她谈好了，给了她 5 块钱就抓了一个猪娃饲养。

小猪圈呢？就从她家的猪圈南边隔了一小块，给猪娃盖了一个小房子当猪窝，猪窝就铺放一些麦菅草。

猪娃一天喂三次，人吃饭时也给猪喂食。

我比较喜欢喂小猪，做饭时多做一些。把猪食的野菜切碎，拌上麸皮和玉米渣皮，我把剩饭也加在猪食里，小猪吧唧吧唧大口大口地吞食，吃得可香了。养小猪一个月就看着它长大了。

有一天晌午饭时，我放小猪出来，邻家大女儿也放她家的母猪出来，我家小猪就跟着母猪跑到她家门口，和母猪一起去吃母猪的食了。邻家大女儿突然喊叫："看你偷吃！看你偷吃！"说着她拿起门口的铁锨就朝我家小猪身上拍打了起来，不住地吼叫："看你偷吃！看你偷吃！"

小猪痛苦地叫着，惊慌地跑到我跟前，不住地哼哼唧唧喘息着，好长时间也不吃食。

我看着她痛打小猪的冲动行为，一连几天心里不舒服。

为一口猪食，纯朴的她竟能怒打一只可爱的小猪？

我不知道小猪是否还认识它的妈妈，是想和母亲亲近一下？

还是饿得慌，想要抢口吃的？

还是迷路了跑到人家槽里吃食去了？

从此后，我改变了小猪喂食时间，不跟她家母猪一起放出圈。

望仙上学

那年秋收后，母亲又找人让我去上学，她找了鹅沟小学老师，那个小学老师问了我曾上学的年级。他说："小梅应该到望仙上中学。"母亲说："你认识望仙的老师吗？改天你领她去吧。"他说："明天我就去望仙，村上有个女生采芝在那念书，叫小梅跟上她到望仙来找我。"

"行。"

那个年轻老师挺好的，他欣然帮助我。第二天上午我和村上的采芝一起到了望仙中学。

我进了望仙中学的大院，一下子紧张了起来，这个院子怎么这么眼熟：这个大门大院，还有那个戏台子。这个院子我来过？

我在院子站了片刻，那个小学老师从西舍一房间出来说："小梅，我给你说好了，就去李老师那个班上课。"

他领我上了北边台阶，进了北舍靠西面的那个教室，他对李老师说："李老师，这就是鹅沟小梅，才从外头回来，叫来你班上上课。"

"哦。"

李老师是一位50岁左右的先生，他让我坐在教室门口靠南的第一排。李老师说："你坐这先上课。"李老师是语文数学都教的一位老师。下课了，李老师走到我跟前问："你叫倪小梅？"

"嗯。"

从此我的名字就叫倪小梅了。

望仙中学，总共两个班，初一年级一个班，初二年级一个班。

我上的是初一，班里有 15 个学生，女生有 6 个，男生有 9 个。这里的中学上课时间和村民的劳动时间一样，一日三晌，上午吃饭时间约 10 点，中午吃饭时间约下午 2 点半，晚上是天黑时。在望仙上学时，我一天要走 20 里路，从鹅沟到望仙单程走 5 里路，早晨到校，上午 10 点跑回家吃饭，饭后再去望仙学校，中午不回来，到晚上才回来。一天往返两次，就是 20 里路。

那时我们家的饮食非常差，很少有白面，就是麦子面，好面（麦面）条得等过节或者来亲戚时吃一顿，白面馒头一年都吃不上一次，常年没有肉食，到过年时才买一点肉包饺子或做扣碗，平常我们吃的一天三顿是玉米粥里煮点面条。玉米面是主食，玉米面发糕是干粮，面条是杂面，用玉米面和豆面混合做的。我吃得也少，所以比较瘦，体重七八十斤，不过我长得还挺高的，那年我就长到现在这么高了，一米六六，可能是我晚上睡觉睡得很好，个子很快就长高了。

半工半读

1970 年在望仙中学上学，学校也要放暑假、寒假、秋收、夏忙假。

那时学校要求学生半工半读。前半年安排学生担柄把，后半年让学生上山采药——采连翘。

担柄把就是集体去打工。学校联系前河山里的柄把厂，我们把厂子里生产的木柄把送到山下 30 里地外同善公社的农贸市场。

这可是个体力活，我们先走十几里山路到前河柄把厂，把木柄担挑到望仙学校，第二天再送往同善镇。

木柄担子是单数，5、7、9、11 根，每个学生根据个人的体力选择重量，班里那几个女同学长得都挺结实，只有我比较单薄，她们挑 7 根，我只能挑起 5 根，挑着担子返回望仙走十几里路，我都是走走歇歇走在最后，走到半路时，我的右肩磨破了，我只能换左肩担，这样我就走得更慢了，我看见有的同学垫着垫肩，我没有准备，所以磨破了肩膀。在过一条大河时，水流湍急，水中的落石一块一块的，距离又很宽，我挑着担子不敢过去，这时有一个高个男同学在我前面走，我跟他说："一会你接我一下过河行吗？"

他说："行。你在这歇一会。"

他把他的担子送过河去，然后跑过来帮我把担子挑过河去。

那天半后晌我们回到了望仙学校。老师说："你们把柄把都担回家，明天送往同善镇。在一个村子的一块跟着走，到同善集合，我在同善等你们。"

我对老师说："鹅沟村就我一个人，我不知道路。"

他说："你和西沟的胡栾是一路，你们一起跟上走。"

西沟是离鹅沟很近的一个村子，我问胡栾："你去过同善吗？"

"去过。"

"去同善的路你认识吗？"

她说："我姥娘（姥姥）家在同善，每年我都去一次姥娘家。从我家对面上山翻过山下到底，顺沟底河边路走就到了。"

"哦。那我把我的担子放你家，明个早上我来你家，我们一块走吧。"

她说："哦。"

我们担上柄把担子走了，走到西沟村，我把担子放她家，她妈妈招呼我："小梅，你来了，坐下吧，吃了饭再回去吧。"

我第一次见胡栾妈妈，她对我很热情。

第二天早上我来到了胡栾家，我们准备走时，她妈妈对胡栾说："等一下，叫你哥哥送你们一程。"

不一会胡栾的大哥来了，他二十四五岁，长得憨厚壮实，他把胡栾的担子和我的担子一起挑担起来走了，他左肩一个、右肩一个挑起就走，他走得是那么轻松，我们跟在他后面走，还跟不上他。我惊讶他的力气怎么这么大，我们努力地跟着他上山。这一面上山有五六里路，他把我们的担子送到山顶，翻过几个山坡，到下坡时停下说："你们从这下去，顺河边走就到同善了。"

"哦哦。"我应声着。

说完他就走了。

那时，我也不会说声谢谢。"谢谢"这个口语是在 80 年代后我才听说的。

由于得到胡栾哥哥的帮助，那天我轻轻快快去同善送货，来回60里的山路，我走了一天也没觉得很累。

从这件事后，我学会了求人帮助。我也愿意帮助别人，被帮助的人心存感激，就是对你的祝福。

无缘高中

望仙中学每年3月开学，到年底过年前放假，这是一学年。这一年学校放的有寒假、暑假、夏忙、秋收假，加上半工半读，一年下来学生就没有多少读书时间了，我在班里的学习成绩排前3名，我的语文成绩最好。在望仙中学我上了一年零3个月的学。那年年底，初中毕业了，要上高中得去同善中学，但上高中需要大队推荐。

我很希望上高中，因为我热爱读书。整个寒假我天天等待着好消息，春天来了春暖花开，但我美好的希望落空了。大队推荐了两个学生去上高中，没有我。一听到这个消息，我泪如雨下，我昼夜抽泣。泪眼婆娑，悲伤得不吃不喝，我这一哭就哭了三天三夜。陪我哭泣的只有母亲，但是妈妈苦思冥想还是想出了一个办法，她说："你去内蒙古找你四舅，他是国家10级高干，他在内蒙古当工业厅厅长，让他给你找个学校上学，以后再找个工作。"

母亲说的话像黎明晨曦，我一听便停止了哭泣。

随后，母亲陪我下山到上王村三舅家，找到了内蒙古四舅家的地址，两天后，我从垣曲去了内蒙古呼和浩特，坐火车经太原在路上花了三天三夜。

经过这件事，我知道了哭是没有用的，也许这三天三夜把我的泪水流干了，从此我再没有傻傻地大哭过。

"梅奶奶！"洵美一边听着一边感动地看着我。

"洵美，这几天你在我家住，我就带你学学做家务。从做饭洗碗开始、打扫房间卫生，洗衣物，整理衣柜。"我停止了我的回忆，给洵美安排了一下接下来的家务活。

"好的。"

"我家就是你的实验场所。"

"梅奶奶，我更想听你说过去的事情，你的经历好感人！"

"行。那这几天咱们就多聊聊。"

"淘美，我家里有朱老爷、天成叔叔，我们在一起要友好相处。"

"嗯呢。"

"在家里遇见他们时要打招呼。"

"嗯。我会的。"

"好。现在我们下楼去吃早餐。"

我们下楼吃早餐时，我对淘美说："早餐是朱老爷6点半做好的，红枣大米粥，还有馒头、面包片、咸菜、牛奶、鸡蛋、苹果、橙子。朱老爷是我们家的厨师长，他负责家里的食材采购和做饭。我们家的早餐不同时吃，谁有事就先吃。"

早餐后我说："淘美，你给咱们洗碗吧。"

"好的。"

洗完碗后，淘美就进小房间自习了。

上午10点，侄女婿来电话问："姑，我经过明泰源药店，看着没开门。"

"是。今早7点你姑父出门要去明泰源上班被保安挡了回来，说是接社区通知，小区封闭3天。你们小区封闭了吗？"

"我出门早，保安问了一下，我说去医院他就让我出去了，可能再回去就出不来了。我给你买点东西送去。"

"行。你到超市给我买两桶水。"

"我再给你买点菜送去。"

"行。你到棉六菜市场第一家水果摊位上给我买几个苹果，他家的大苹果6块钱1斤，你买上七八个就可以了。"

"嗯。我看看有什么能放的菜我再买点。"

"好的。你能出去真好，这突然一封闭，家里吃的东西都没有准备。"

"我家也没准备。"

"是啊。这太突然了，你回去多买点吃的东西。"

上午11点，侄女婿送货到小区门口，老朱和天成去银都大门口接东西，他送来了怡宝水4桶，一箱橙子，一大包蔬菜有土豆、萝卜、大白菜，3个紫色大圆茄子，还有一袋（10个）大苹果。

"你让侄女婿买这么多东西，一小推车都拉不完，这三天能吃这么多东西？"老朱搬东西上楼时气喘吁吁地抱怨说。

"他送这么多东西。是人家的好意，你领情就行了！"我微笑着说。

而令朱老爷没想到的是，这在家一待就待了25天，这点时蔬太少了！

"天成叔叔。"

"你好。"

在客厅洵美给她的天成叔叔打招呼。

午餐朱老爷做的是米饭，一盘干煸豆角、一盘烧茄子、一盘麻辣豆腐，还有一个鸡蛋汤。

"豆腐是我在楼下小卖部买的，只准一人买一块。"朱老爷说。

"小卖部的人多吗？"

"里面人挺多，突然封闭了，院里人只能去那买东西。"

"是啊。看来食物是人的第一必需品。"

"民以食为天。"

"那这么多人在里面走动，怎么防疫呢？"

"这没人管！"

午餐吃完了。

"洵美，午餐碗我来洗，你看看我怎么洗碗。"

"嗯，好。"

"先把碗筷盘碟收拾到厨房，分类放着，把洗碗的盆放在水池里，接半盆热水，滴上洗洁精，搅拌一下，水面上起沫就可以了，先洗筷子勺子和刀具，筷子放盆里用百洁海绵块上下抹洗筷尖筷把，洗好后用水冲去泡沫放台上；再洗勺子和刀具，一样冲净泡沫放台上；再洗碗和盘子，把有油渍菜水的盘子最后洗；碗和盘子用洗洁精水洗过一遍后先放水池里，如果油渍菜水的盘子没洗净，可换水滴洗洁精再洗一次。这是第一次用洗洁精洗完一遍，这下用清水冲洗，先接大半盆水清洗碗，拿一个碗放水盆里清洗，再开水龙头放水冲洗，洗净后碗扣着放碗框里沥水，碗一个一个地洗，先洗小碗再洗大碗，这样扣起来的碗整齐省空间；用同样的方法再洗盘子，盘子要立着放，先洗小食碟，次洗小盘，再洗大盘；之后冲洗筷子，洗净的筷子放筷篓里是筷尖朝上；最后清洗勺子刀具。这下餐具是洗完了。用盆里的清水打湿擦餐桌的抹布，用抹布把餐桌擦干净。

回来把餐桌抹布洗干净挂在门后。

接着还要刷锅，先洗饭锅再洗菜锅，还有蒸笼锅、笼阁锅盖都要洗干净。菜板也要洗干净，接着擦台面灶台，灶台有油渍时要喷油污洗剂擦拭。用水洗净抹布再擦干净。"

随后擦净橱柜门上的水滴，接下来再把厨房地板擦干净，把垃圾袋提出去，换上新垃圾袋。这样厨房的活才算干完了。

"梅奶奶，我看你干得很熟练，又快又干净，每天每顿餐都这么做，会很耽误时间的。"

"嗯，是。但人每天都得吃饭啊。"

"是。"

"病从口入。餐具的干净是保证。我们老家俗话说：'进了门两眼轮，看看锅头看看人。'"

"人们说能干的女人是上得了厅堂，下得了厨房。"

"上得了厅堂，下得了厨房是指一个女人在家务上可以做得面面俱到；在工作上、人际交往中又能够独当一面，处理得得心应手、十拿九稳。概括起来就是能主内，又能主外。"

"洵美，你在上学读书是学文化学知识，是学上厅堂的能力，我教你做家务是学下厨房的本领。"

"哦，是。梅奶奶。我就先学着洗碗吧。"

"家务活，有的可以同时做，这样省时间。比如洗衣物，可以先把要洗的衣物泡起来，再干别的活。现在我们就去洗衣物。"

"嗯。"

洵美跟着我上二楼卫生间。卫生间里有面盆、镜柜、马桶、浴盆。

"银都这房子没有设置洗衣间，我就把卫生间当作洗衣间用，今天我先洗一件被罩，把洗衣盆放进浴盆里接水，先翻看检查一下被罩哪里比较脏，把被罩放水盆里浸湿透捞出来，把脏水端出来倒进马桶，再接清水，加入一瓶盖洗衣液，然后把被罩放入洗衣液水溶剂里浸泡半小时。

"接下来，我就去擦桌子抹板凳，把客厅的桌子板凳抹一遍。半小时到了，再进卫生间把泡好的被罩用手搓揉一遍，被头和脏的地方多搓揉几遍，随后捞出来，把脏水倒掉，再接清水加入洗衣液，把被罩泡进去，再泡半小时。

"接下来我再去擦地板、擦楼梯。等待擦完了地板，半小时到了，再进卫生间把泡好的被罩搓揉一遍，看看被头脏处洗净了没有，没干净时再搓揉几次，随后捞出被罩，端下楼放入洗衣机，把被罩的一头捋顺放入洗衣机。洗衣机设置在快洗，26分钟，次数要调到8次，26分钟到了时，洗衣机会报警。打开洗衣机取出被罩，加入一杯柔顺剂，再设置到快洗，洗好后取出被罩，把它晾在衣架上。晾之前要把被罩抖开捋平。这个洗被罩就完成了。

"洗衣服不一样的是把要洗的衣裤，先拿起来看看那块比较脏污，脏污的地方一会重点处理，再把衣兜掏翻一下看看有没有重要的东西和票据，拿起衣服抖抖，抖掉衣服上的灰尘。

"检查完了把衣服放进洗衣盆里先用清水用手稍用力揉洗一遍，把浮灰冲掉，再用洗衣液浸泡，一次泡15分钟就行，5分钟后揉洗衣服的每个部位，重点是衣领、袖口、前襟、裤脚、膝盖等易脏处。一次泡15分钟就行，捞出衣服，拧掉衣服里的水，再泡第二次。

"一般洗衣液水泡洗两遍，衣物正反各一次。洗袜子、内裤也要正反各洗一次。

"泡好的衣物捞出放洗衣机洗。

"晾衣服前要用力抖开衣裤，不要有褶皱，有的衣服需要从反面晾干。

"洗衣物的程序和刚才洗被罩一样。当然还有手洗的衣物，如内衣、毛衫、羊绒内衣，还有真丝面料的围巾衣物等。这些都需要手洗，不能机洗。

"第一：衣服要早洗，当天换下来的衣服最好是当天就洗，尤其是浅色衣服，因为衣服上免不了会有一些汗渍和污渍，如及时清洗就比较容易洗干净，时间久了这些污渍在清洗后还会有痕迹，比如说这个汗渍泛黄之后，就很难洗净。

"第二：分类清洗，清洗之前无论是手洗还是机洗，都需要注意的一点就是分类，这个分类主要是颜色分类和种类分类，比如说深色和浅色要分开，白色要单独洗，再就是注意外套和内衣要分开洗。在我们家是每个人的衣物单独洗，跟别人的衣物不混洗。

"第三：冬季的大衣、棉服、羽绒服等送干洗店洗。"

"洗衣服还有这么多讲究?"洵美说。

"是。洗衣服是很有讲究的,还有注意事项。不然一套高档衣服很容易就洗坏了,穿不了了多可惜!"

"嗯,是。"

"洵美,学会洗衣物是本领,随手洗衣服要养成习惯,干着干着就自然而然地不觉得累了。"

"嗯。"

许多年轻人不用手洗,直接用洗衣机机洗。而我习惯手洗和机洗结合着洗,感觉更干净。

童年趣事

三岁记事

我三岁时，记得有一天上午，法院街居委会主任带了两个中年妇女来我家，她恶声恶气地喊叫着什么我也听不懂，随后妈妈领着我跟她们走了。从法院街向东再拐向南，走到西道巷中间有一块大场地，一群家庭妇女围着一个大圈坐着。她们让妈妈和我站在中间，那居委会主任就大声吼叫，指责妈妈，我拉着妈妈哭着说："妈妈我们回家！妈妈我们回家！……"居委会主任厉声呵斥："不准哭！不准哭！把这碎娃弄出去！……"她面目狰狞、语气很凶，吓得我哭得更厉害。随后一个高个子妇女硬把我拽开抱走了，我一直哭闹着不想让她抱走我，她把我搂拚在她的右侧，我的脸朝下哭着，她来到法院街 29 号，把我扔到院子大门里面的地上，把大门关上就走了。我哭着哭着就睡着了，后面的事我不记得了。

从那以后，我一听到说陕西话的妇女的呵斥声，就会被吓呆。

做家务

其实，小孩子是很聪明的，模仿力也很强，有样学样。只是大人认为他们小，不让动手干活。

记得我 3 岁时，妈妈扫完地后，我就拿笤帚学妈妈扫地，后来扫地就成了我的活，家里的地脏了，我妈就喊我："小梅儿去扫扫地吧。"我就拿起笤帚去扫地。后来我扫院子，还去扫大门外的人行台阶。我 6 岁时到了铜川，我们住的是一间大平房，门前就是一条大沟，沟底有小河流水。这一排房子住了 6 户人家，我们住在东头第一户，每天早晨起来，我扫完家里地，还得扫门口院子，这里的院子是 6 户人家一排，把我家门口扫干净了，邻居家门前看着还是脏的，我就扫扫吧，一户一户地扫，从东头扫到西头。那里的邻居大妈夸我说：

"这碎女很勤快很会扫地，还把地扫得很干净！"我听了心里乐滋滋的，就每天都扫到他们家的门前，晴天扫灰，雨天扫水，冬天扫雪。

那一年我跟妈妈学做家务活，洗衣、做饭、搞卫生；烧火、擀面、揉馒头，还去种菜，妈妈在对面山坡上开了一片荒地，种了葱、小白菜、萝卜、土豆，还养了几只鸡。

老鹰叼小鸡

铜川大山里的老鹰很多，经常飞到居民区抓走小鸡，常常听到有人呼喊："老鹰叼小鸡喽！老鹰叼小鸡喽！"呼喊声和追逐声回荡在空中。有一次我站在院子听见房子后面有人呼喊："老鹰叼小鸡喽！老鹰叼小鸡喽！"我抬头看见老鹰抓着一只小鸡从我右前方上空飞过，它圆睁着眼睛，神情自若不顾人们的呼喊声，自由自在地飞走，飞过门前的山沟飞向对面山坡。

那时的孩子们经常玩一种老鹰捉小鸡的游戏！我也跟着他们玩老鹰捉小鸡的游戏。

"那时我不认为我小，因为我妈带的那几个外甥都比我小。我反倒是妈妈的助手，一有事妈妈总叫我帮忙。"

陶瓷盆摔破了

小孩子也会文过饰非。有一次中午做饭前，我想学和面，把和面盆掉地上打破了，这个和面盆是淡绿色的，盆底有两朵红花图案。我和面时要踩在小板凳上才能够到厨房案板台面，和面时脚动了一下，我踏空摔倒了，把面盆带下来摔破了，我一看把和面盆摔成了几块。我慌了，捡起和面盆的碎块就跑出去，扔到沟底下坡路边垃圾堆上。第二天中午，我妈问："那个绿色红花和面盆怎么不见啦？"当时我紧张得不知道怎么回答，没有吭声。过了两天，我和妈妈去对面山坡地里种菜，走到沟底时妈妈看见了和面盆的碎片，她问我："是你把和面盆打破了扔到这垃圾堆的？"

"嗯。"

"这个和面盆是陶瓷的，不小心碰到了就会打破。还有碗和盘也是陶瓷的。"妈妈没再说我什么。

她眼看着前面喊叫："大旦走慢一点。"大旦在前面跑着，过河踩着落石打了个趔趄。返回时我又看见了和面盆的残片，我把它捡起来拼在一起看，绿底红花很好看，可惜我摔破了它。这个和面盆是陶瓷的容易打破，以后要小心端着陶瓷的碗盘。

小鸡死了

到了春天，铜川山上的村民会挑着一担小鸡来这里卖，妈妈买了七只小鸡，两只公鸡五只母鸡，妈妈说："多养母鸡，会下蛋。"小鸡养到夏天，公鸡每天早晨叫鸣，母鸡开始下蛋了，我们几个小孩看见母鸡下的蛋很喜爱，这个摸一下那个摸一下。妈妈在鸡舍旁给母鸡做了个下蛋的窝，上面铺上了一些麦秸草，母鸡好像懂得似的，要产蛋了它就卧在上面去下蛋了。有一天早晨，妈妈说："那只黄花花母鸡昨晚没回窝来，刚开始下蛋却不见了！"我看着妈妈惋惜的神情："我们去找找吧！"我跑出去到门前屋后找了找，也没找见黄花花母鸡。第一天、第二天、第三天，每天黄昏时我在鸡窝旁看看黄花花母鸡回来了没有。妈妈问："小梅儿，你看什么呢？""我看看黄花花母鸡回来了没有！"

"它可能是让黄鼠狼拉走了！"再过几天，黄花花母鸡的事就忘记了。过了二十多天，惊喜来喽！这天中午时分，黄花花母鸡带着一群鸡娃回家了。我们家几个孩子看见黄花花母鸡和一群鸡仔高兴得狂欢了起来！

"黄花花母鸡是慈乌反哺啊！还以为它丢啦，它自己出去抱窝啦！没人管这二十多天它吃什么呢。"妈妈激动地说，妈妈给这黄花花鸡母子喂食，用木盆给它们做了一个新窝，就放在家的门背后，我们几个孩子围着毛茸茸的小鸡娃转着看着，到了晚上也不去睡觉，晚上小鸡都钻进母鸡的翅膀下闭着眼睛睡觉。一共是八只小鸡，妈妈说："这八个鸡娃是结实的，如果在家里抱窝还会多出几个鸡娃。"这些小鸡娃就养在家里，白天在家里地上走来走去，我们这几个孩子看着它们一天天长大，茸毛退去，小羽毛生出，小鸣是爱蹲着看，小旦是追着小鸡娃走，大旦是抓起小鸡捧在手里看，小鸡唧唧地叫，母鸡就跑过来伸着脖子盯着他，母鸡愤怒地叨了一下他的手，他慌忙把小鸡扔在地上哭起来。

姥姥过来看看大旦的手哄着他说："大旦不怕！母鸡是护它的小鸡娃才叨你呢。"第二天，大旦就抓了一只小鸡娃放床上，姥姥看见说："淘气！小鸡不能放床上跑，一会拉屎拉床上了，晚上你怎么睡觉呢？"说着姥姥就把那只小鸡抓走放地上了，那只小鸡欢快地跑到母鸡身边，不一会，大旦又抓了一只小鸡放床上，我看他在床上和小鸡玩，他笑眯眯地说："母鸡找不到这里！"

"噢。大旦好机灵！他是逃避母鸡追踪啊！"有时候他还会捉两只小鸡到床上玩。那时家里天天是孩子和小鸡的游戏。一个多月后这些小鸡娃长大了。

有一天大姐从咸阳来铜川看孩子，我见到大姐很高兴，就在家里跑着跳着，突然，一只小鸡跑到我脚下被我踩了，小鸡躺在地上不动了。妈妈说："这个鸡娃被你踩在头上重伤了。"妈妈提起小鸡娃的翅膀，它不会站了。我屏气凝神地看着，待一会妈妈说："这个鸡娃活不了了！"瞬间我难过得眼泪流了下来，刚才的高兴变成了悲哀。那是我第一次感到乐极生悲。从此我在家鹅行鸭步地走动。一周后，妈妈在房头重新盖了个鸡窝，把母鸡跟小鸡娃搬了进去，她说："这窝小鸡娃长大了，要放到院子里养了。"

那时母亲带着三个幼儿和我，她很勤劳，我没见她休息过，我见她时她都是在干活，不是在厨房做饭洗碗，就是洗衣物或在房间收拾东西，晚上做一些针线活，还在山坡上开荒一片地种菜种土豆。每天她从早忙到晚，夜里她不断地叫这个起来尿尿叫那个起来尿尿，尤其是大旦，叫晚了他就尿床了，几乎每天都要给他晾晒小裤子。

遇到抢钱

我小时候，3岁的孩子也能跟着大孩子跑到大门外街道边玩。那时很少听说丢孩子的事。街上倒有一些三三两两无家可归的流浪儿。

我5岁时拿了一块饼出去刚站在大门口，跑过来了一个大孩子，从我手里一下就把饼抢走了，他向东飞快地跑去。邻居家的大人看见了喊叫："抢娃馍的柳娃子嫑跑！柳娃子你嫑跑！你嫑跑！"

当时我被吓哭了。

母亲听见哭声也来到大门口，她说："小梅儿你别怕！那孩子不是坏孩子。他是饿极了，才会抢东西吃。"

我7岁时，一个周日的早晨父亲给了我一枚五分钱硬币，可以在北大街口买一份甑糕，我上街走到卖甑糕的车摊前，前面有两个人在等着买，我排在他们后边。忽然跑来两个大孩子，个子比我高半头，一个上来就抢我手里的钱，我把手攥得很紧，他使劲掰我的手指，另一个孩子上来推搡我后退了几步，我后退着躲闪着他们的进攻，他把我手上的皮都抠烂了，也没抠开我的手，我吓得转身迅速地跑回家了，因为惊惧慌张，我也没能看清那两个抢钱的是男孩还是女孩。

学做饭炒菜

2021年1月6日是星期三，下午6点我问洵美："晚餐你们家都吃什么？""米饭炒菜，有时是面条。"

"嗯。我们家晚餐比较简单，烧个汤，做两个菜，主食馒头或饼。今晚我做个麦片汤，炒个土豆丝，做两个凉拌菜，馏两个馒头，还有一些点心和水果。做饭前，我看看菜谱，看炒土豆丝是怎么做的。"

我打开电脑说："我得上网查一下，学做菜，看看厨师是怎么做炒土豆丝的。"

我将这个炒土豆丝的步骤抄写了下来。

道听途说有时也能学知识。两年前给我开车的司机说，他在家要给两个小女儿做饭，我问他："你会做饭？"他说："上网看一看学一学就会做了。"

"那你爱人做饭吗？"

"她不会做饭，她做的饭难吃，孩子们都不吃。"

从此我对这个司机挺照顾的，每天下午5点半后就不安排他开车了，让他下班接女儿、回家做饭。

那时，没想过以后我也会学做菜。可我记住了网上有做饭菜的方法，现在有空就学学做菜。如果不是听司机说可上网查菜谱看视频学做菜，我也不知道去哪学做菜做饭。

看完炒土豆丝的做法，我们去厨房，找出土豆、红萝卜、太空大辣椒，还有葱、姜、蒜，干辣椒，花椒。

"土豆洗净削皮。我是用擦子擦土豆丝，红萝卜擦一点丝，太空辣子切一点丝，这样做成的一盘菜颜色不单调。"

菜刀伤手

"记得小时候我在铜川，秋天母亲种的土豆熟了，她带着我们四个孩子去地里挖土豆，那时的土豆小，比鸡蛋大一点，我妈做土豆菜，把大土豆切丝炒菜，小土豆煮饭或蒸着吃。有一天我就想学妈妈切土豆丝，谁知土豆滚啦，刀直接切我手指上，是左手食指第一个关节。血流了好多，吓得我大声哭叫，我妈还领我去医院包扎，后来我左手食指关节处留下了一厘米的疤痕。"

我一边说一边把我的左手食指伸给洵美看："现在还能看见一丝痕迹。"

我告诉洵美："在厨房做饭用刀具还有烧火要注意保护自己，以免受伤。我母亲说：'水火无情。'现在厨房的家用电器多了，使用前要看看使用说明书，一定要看完，一般人只看一半，或者说是一知半解。做饭看似平常普通的事，也有风险，我 16 岁那年就发生了一次大的烧伤。随后我再给你说。"

我唠叨着说："吃是一种文化，生存是人类的本能。生命需要能量，吃饭是生活必需、生命之本。家人一起吃饭，是生活中最重要的平常事。厨房是家庭的中心！"

"你说得对！梅奶奶。"

晚餐我做了一锅麦片汤，炒了一盘土豆丝，还馏了馒头，还有苹果和橙子的果盘。两个凉菜是朱老爷做的。

"妈，你做的土豆丝很好吃！"天成说。

"你炒的土豆丝比我炒的好吃。"朱老爷说。

"哈。感谢你们的鼓励！那以后我继续炒土豆丝，看来是学习的功效。"

晚饭后洵美去厨房洗碗，她按照我教的洗碗方法洗碗，餐具都洗得很干净，厨房台面、地板也收拾得很干净。

情路灿烂

2021 年 1 月 7 日周四，下午 3 点后，淘美来到我房间问："梅奶奶，家里还有什么活让我做吗?"

"淘美来坐下歇一会。随后我们去打扫一下房间卫生。"

淘美坐在我房间的休闲椅上。

"淘美，这几十年我的心好像一直在外面，不是挂在这件事上，就是挂在那件事上。这两天被关在家里，心才收回放在了家里，才意识到家的重要性，注意力才回到家人、家里的房间四壁、家里的每一个家什，这些都是这样熟悉而又陌生。

"家里的每一个人是要关心沟通的，以免因为忽视而貌合神离；家中的每一个角落也是要关注的，以免疑惑这是谁的家! 家是人的根，是人的归宿!

"鸟儿的巢，是动物的窝；我们的家，我们的城市，我们的国家，是我们的世界。

"我们的家是这样一个可亲可爱的地方，看着我的丈夫，岁月沧桑使他的头发花白，额头上的皱纹浮现；看着我的儿子，历经挫折依然朝气蓬勃、伟岸英俊；看看我的脸，朱颜辞镜花辞树。

"我们在家享受着亲情的温馨，享受着家庭生活带来的存在感! 60 年过去了，到现在才感受到家为我们无微不至的贡献!

"我从小就流离失所没有自己的家，寄人篱下的生活使我对家漠然，也使我饱受磨难。年轻人要建立自己的家，从恋爱开始。"

"哦。"淘美看着我听我说话。

"淘美，今年你十几了?"

"到今年 11 月我就 16 岁了。"

"碧玉年华的美少女!"

"你有心仪的人吗?"

淘美摇摇头，微笑。

"芳龄少女到恋爱时了，要留意来到你身边的每一个男孩子。"

"男大当婚，女大当嫁。是古人为后代留下的优良传统和警示语，可我年轻时不知道。最好在 25 岁之前把自己嫁出去，这个年龄段选择空间大。25 岁之后适龄男子少了，尤其是优秀男子就更少了，留给自己选择的余地也小了。要留意来到你身边的每一个男孩子。"

淘美安静地看着我，听我说话，可我的思绪已穿越时空飘向那遥远的少年时光。

年少时的我似乎不懂得爱情。

我的一生中有好多男孩子喜欢我追我，但当时我没有感觉，也没有什么反应。

我好像中了小爱神的铅箭！所以才情路灿烂！

那些年我像一个流浪者，或是游子，我认为咸阳是我的故乡，但他们把我赶走了，让我背井离乡；说山西垣曲是我的故乡，我没有在那里生长，我的心不在那里。

我一心想回咸阳！

我只是在那里经历了青少年时光中的一场磨难。

我看见过许多人的脸，也留下了美好的回忆。

望仙上学续

1969 年 5 月，我又从咸阳被赶回老家了。回到山西垣曲鹅沟村，我回去还是想上学，那年秋后就去望仙上中学了。望仙中学是望仙大队办的一所初中学校，供望仙大队辖区十多个村子的小升初学生上学，教学老师是同善公社安排的。

1970 年我上初二年级，二年级就一个班，班里有 13 个学生，男生 8 个，女生 5 个。望仙村有 4 个学生，前河村有 3 个学生，松木河村有 2 个学生，其他村子只有一个学生，有的村子还没有。鹅沟村就我一个。

这个班主任还是教初一的李老师，他个子高，讲课时声音大。教室还是用初一时的房子，我的座位还是坐在进门右手的第一张桌子。

这个教室是一个旧祠堂的北房，我的课桌前面有一个隔间，这是老师的卧室兼办公室，门上挂着一个浅蓝色布门帘，上课时老师一掀门帘就出来讲课。

那时学校只有语文和数学两门课，而且都是李老师教课。

体育课一周一次，由一个年轻的体育老师上，在校外麦场里上课，有时是初一初二两个年级一起上体育课。

我的作文写得比较好，经常得满分，老师会在课堂上表扬我，我心里很愉快，同学们也喜欢和我说话。其实，当我来上课的第一天，同学们都知道我是大地主倪文朗的女儿。

这个李老师对我态度挺好的，自习时他经常指导我一下，有时候他会叫我去他的办公室。

一个多月后，有一天下午他叫我去他的办公室，他说："我儿子在某某中学上高中，他学习很好，长相俊美，给他说了好几家媳妇了，他都没看上。"这个李老师沾沾自喜地说。

我在想："老师为什么给我说这个？"

"老师，我可以出去了吧。"说完我自己就出来了。

我一掀帘子，同学们都抬起头看我。我走过去坐在我的座位上。李老师说话声音比较大，也许同学们都听见了，他们都知道老师的心意，但那时我不懂。

我们班上这十几个学生，除了我，其他的都已订婚了。

那个年代，望仙这里风俗兴早婚，十四五岁就开始订婚。十七八岁就要结婚了。

我的年龄正好属于望仙这里的订婚季。

山村里的人见面打招呼常常是这样问候："你吃了吗？"

"吃啦？"

"你儿说下媳妇了吗？"

"说下了，是某某村谁家女。"

"你小女寻下婆家了吗？"

"有啦。是某某村谁家的小子。"

那时感觉这里的人落后，很俗气，现在意识到他们还是有远见的。婚姻是人生大事，是要选择人家的，儿女的婚姻是要早规划，才利于成家立业。

现在是工作好找、婆家难找，一群走向社会的青年是会出现婚恋荒的！

老　师

　　一周后的一天晌午饭后，我从家里来到学校，刚走到教室门口，一个同学说："小梅，老师叫你去他屋里呢。"

　　"嗯。"

　　我进教室后就径直走进李老师的里屋，他屋里有一个少年，高个子，脸色粉白，眉清目秀，鼻子高挺，他见我进来一下站了起来，看着我有点腼腆地一笑。

　　"李老师找我？"我问。

　　"他刚出去了。"他说话的声音低沉。

　　老师不在里面，我也马上退了出来。

　　午餐后，我坐在座位上，李老师和那个少年在我桌子前面站了一会，然后一起出去了。

　　下午放学时，李老师说："小梅，你等一下再走。"

　　我对大西沟胡栾说："你等我一下，我们一块走。"

　　"嗯。"胡栾在教室外面等我。

　　教室里剩我一个学生了，老师微笑着说："今天跟我一起出去的是我儿子，你看见他了吗？"

　　"嗯。"

　　"你看他长得好吧？"

　　"嗯。"

　　"回去跟你妈说说吧。"

　　我没有言语。

　　我只是用"嗯"来应付着他。我在想回去给我妈说啥呢。

　　我对这件事没有理会。

　　学校的体育课上可以做操、跑步、打乒乓球，教室对面的舞台上有一个乒乓球案子，我喜欢打乒乓球，那时我的乒乓球打得很好，同学们都打不过我，只有体育老师还可以和我对打。

　　秋季体育老师说："我们要去同善和其他学校的学生进行乒乓球比赛。"

　　"小梅。我们学校让你去参加比赛。"

"好啊。"

那一段时间，每天下午我都去练习打乒乓球。

到比赛前两天，体育老师说："小梅，这个乒乓球比赛我们学校不去参加了。"

"为什么？"

"我们学校选手少，一个学校最少得有两三个学生选手，我校只有你一个。"

"哦。"

后来有一个同学给我说："老师给校长说，你是'地富'子女，怎么能代表学校参加比赛呢？"

从那以后我就不再想打乒乓球了。

有一天晌午饭后我来到学校，走到院子时，我听见有学生在喊叫："倪文朗，倪文朗！——倪文朗，倪文朗！"

他们在喊我父亲的名字。我不知道是谁喊的。我站在院子不动了。

我环顾这个院子，忽然我想起来，这个院子就是那年腊月大雪天里批斗我父母的地方。

住 校

在望仙上学似乎没有寒暑假，没有礼拜天，麦收时学校放假 20 天，秋收时放假 20 天，还有过年时放一个月年假。

麦收放假那天，我和胡栾走到她家大西沟，她说："小梅，到我家坐一会。"

我去了她家，见到了她的妈妈，她妈说："你老师和他家小（儿子）都看上你啦，想和你家攀亲家。我们家和他们家也是远房亲戚，咱山里都找不到长得像他家小子那么好的后生，就在他家镇子那小子也是数一数二的。你看行吗？"

我不知道该怎么回答，我没有说话。

秋收后开学一个月，我们学生要去劳动了，去前河东边十多里路山里的一个加工厂，担柄把到学校，再送到同善镇卖出去，给学校挣钱创效益。

体力劳动对我来说是弱项，担柄把时，有两三个男同学一直在轮流帮我挑担，有一个男同学无微不至地关照我，老师同学都叫他成生，这地方对人的称呼不带姓，我也不知道他姓什么。在山里走路时，别的男生走得快都走到了前面，成生一直跟在我后面走，提示我注意脚下石头，过河时，他让我在河这边等着，他送过去他的担子，再来挑我的担子，还嘱咐我小心过河。

冬天来了，昼短夜长。那时我不知道昼短夜长。

每天早晨上学我要等到天亮了再走。

这样我到校就晚了，住校生都上早自习了。有一天李老师在教室门口碰到我，说："小梅，你来晚了。"

"哦。和平常一样，天亮我就走的。"

"看表几点了？"

"嗯嗯。"

第二天早上我早走了一会，可到校还是晚了，李老师说："小梅，你住校吧。"

"哦。住校。"

我想着住校洗漱不方便，天这么冷哪里有热水洗脸、刷牙。

我没有住校。

三天以后，李老师把我叫到他办公室说："小梅，你要不住校，你就别来上学了。"

一听他说不让我上学了，突然我就伤心流泪了。

"我妈说让我上学读书学知识。"我低声说。

中午我去学校宿舍看了看，第二天我就拿铺盖来住校了。

那时深山老岭的小山村没有电灯。

住校晚上有晚自习，要点煤油灯自习。学生一人一盏灯。

我去望仙村供销社买了一盏煤油灯，晚自习用，晚上教室里点着十几盏煤油灯，一晚上自习下来，鼻孔就熏黑了。

一个多月后我们这个班就毕业了，要上高中得去同善中学，望仙这个学校只有两个名额可以上高中。我想上高中，就得努力把考试考好，考到前一二名去争取上学。

每天早晨我起得最早，晚上躺下就睡着。

深冬的一个晚上,我在教室上自习。有一个初一班的学生进教室叫我,说:"小梅,你出来一下。"

我跟他出去了,他跟前站着一个帅哥,他说:"这是望仙的黎明,今个从县上回来,想和你认识一下。"

"嗯。"我抬头看了一眼,这个少年应该是个校草,他很帅气很清新,他一身打扮是城市青年风格。

"小梅,你跟我出去一下,我们站在这会影响他们上自习。"

我跟着他走出去了,他把我带出校外走到前面山下的小河边,河水被冻得全是冰。我们站在河边,他说:"我叫黎明,过了年就20岁了,我听说你是从咸阳回来的,我小时候也在咸阳,我爸妈在国棉七厂上班,我是跟我舅舅来这的,我舅舅是望仙供销社主任。我在县上食品厂上班。"

"嗯嗯。"我一听他说他是咸阳的,对他有了点好感。

他说:"上周我回来听舅舅说,前面学校里来了个小美女。那天下午我就来这里看了看你,也不便贸然找你。今天我特意回来想见你一下。"

"哦。那我们回去吧。"

"我一般3个月才回来一次,这回为了见你,一个礼拜就赶回来了,再待会吧。"

"你不是已经见了我吗?"

"嘿嘿。"他笑了笑。

"这河滩太冻了,我感觉很冷,要回教室去。"

"我把大衣脱下给你披上。"

我看他穿了件蓝色双排扣的棉大衣,一双高腰皮靴子,头上还戴着一顶护耳的皮帽子。

"天很冷,脱了大衣会冻坏你的。"

"那我把你裹进来,我们俩披,这个大衣挺大的。"

"不用了。回去进教室就好了。"说着我就往回走了,他也跟着我走。

"哦。你们是不是马上毕业了?"

"是。还有两周,下周毕业考试。"

"毕业了你去哪?"

"我还想去上学。"

"去上高中？"

"是。"

"过年正月里，你来县上找我吧。"

"行。"

"我的地址在刘张村一上坡的南边，山西垣曲县食品加工厂。"

"噢。"

"你一定要来找我，我等着你。"

"嗯。我有个二姨，家在刘张村，我要去刘张村时会找你。"

我们走到了学校大门口，我说："我走了。"

他跟着我走进校园说："腊月我们很忙，厂里加班不放假。正月你一定到刘张村来找我，每天我都会等你来！"

"嗯嗯。会的。你别进去了，老师在门口站着。"说完我快步走进了教室。

成　生

说着就到了年底，我们毕业放假了。放假的那天下午，这个班的同学说，往年毕业的学生会聚餐一顿告别。

我们这个班在望仙村两个同学的家里聚餐，班里同学分两拨，一个家里六七个同学，我在的那个同学家有成生和其他几个男生，还有一个女生叫春花，下午离开学校去那个同学家聚会，晚餐这个同学的妈妈为我们做了一顿棋花面。晚饭后，男同学打扑克牌，他们玩到了半夜。

当晚我们就在这个同学家休息，他们几个男生挤在西边屋子的炕上，我和春花在男同学母亲的屋里，炕对面有一个窄木榻，我们不脱衣服打对脚躺在这个木榻上，盖着一个被子睡着了。我的头朝门那边睡着，清晨我醒来睁开眼睛时，成生就在我跟前坐着，他在默默流泪。

"你怎么啦？"我惊讶地问。

"以后我就见不到你了。"他忧伤地说。

"你什么时候坐在这的？"

"你们睡着后。"

"你一夜没睡？"

"我睡不着。"

"你不困吗？"

他用忧郁的眼神看了我一眼，低头不语。

我不知道他为什么伤心落泪，我动了一下想坐起来。

"你别动，再睡会儿。"他低声说。

我也就躺着没动，他的头微微地低着，我看着他的脸庞，他的肤色略黑，圆脸，两条卧蚕眉紧蹙，高鼻梁，他是双眼皮，有点凹的大眼睛向下看着，他的嘴抿着，唇线棱角如画，他的双耳轮廓分明。他个子挺高，走路很快。他也是个美少年哦！

良久。

天亮了那个同学的母亲起来下炕走了。

春花也醒了坐起来，成生站起来出去了。

春花说："你们说话我都听见了。"

"哦哦。"

"小梅，你不知道成生看上你了呀？"

我看着春花听她说："热天的时候，老师说：'我一眼就看出成生看上小梅啦，可不是一般地看上啦！'"

"麦收时，成生回家就要退婚，到秋收时还扯不清，女方不愿意退婚。"

"那晚黎明把你叫出去了，成生在教室坐立不安，出来进去了好几趟。老师说：'成生你屁股上有刺吗？'"

那天晌午我们离开了望仙，成生跟他村的两个同学和我一起走出望仙村，我看着成生紧锁眉头，沉默不语的我不知道该说什么话来安慰他，我们走到分道路口停下，成生走过来站在我面前："我们从这里分开走了，要我送你回鹅沟吗？"他的目光单纯，看着我说。

我摇摇头："感谢一年来你对我的帮助！"说着我眼里含着的泪水竟夺眶而出。

从此后我再没见过成生。

我听说，年后成生被大队推荐上了高中，他也退婚了。想必他未来的生活一定很好，吉祥如意！

二哥结婚

那年冬天腊月的雪下得很大，漫山遍野白茫茫一片。

正月初三，19岁的二哥要结婚，他是被招亲到上王村，石坡上的三姆姆给他介绍的上王村杨家女子21岁了，比他还大两岁。母亲落泪对我说："我很难过送你哥去给人家当上门女婿，可你三姆说'这样可以让娃下山来'。"

那时，由于倪家皆是高成分，男儿都娶不到媳妇，鹅沟倪家的美少男不得已竟纷纷上门去了。

"岁弊寒凶，雪虐风饕。"年前二哥要下山去给女方家送彩礼。

第二天黄昏天黑时，他狼狈不堪很疲惫地回来了，他的身上都是雪，棉裤的半腿都结成冰筒了。母亲见他这个样子就心酸得泪涟涟。

他说："中午我就到了灌岭沟，那的雪有半人深，没法走路，只能把雪扒开才能一步一步地走。没有铁锨，只能用扁担打雪往前走。"

十几里路长的灌岭沟，二哥就是在大雪封山中自己开路一步一步走回来的。

村里的一位大叔说："在隆冬冰封雪盖时，山里人一般不出山，听说过去一个有钱人骑马下山了，回来走到灌岭沟雪有半人深，马腿陷进雪坑走不了了，一夜间连人带马就冻死在灌岭沟。当人们发现他时，他还是直挺挺地坐在马上，一尊雪山骑马的悲壮雕像。'魂销雪窖，泪洒冰天。'"

哦。那二哥还是很勇敢的人！

二哥正月初三结婚，就是家里过喜事。还要请村里人吃饭，这件事要找队长来安排人做。

年前我要帮母亲干活，可忙了。白天都是在磨面。那年代，这儿山村里是马拉石磨磨面，一晌只能磨半斗面。

晚上给二哥缝两床新婚被褥，棉花都得自己一层一层地铺，铺好了再用手缝。缝一床被子要花大半夜时间。

晚上我在缝被子时，母亲对我说："望仙大队有一个村干部托高升叔说'不嫌你家成分高，把小梅说给他家小（儿子）'。"

我没有言语，感到被羞辱似的。

黎　明

　　1971 年 1 月 29 日，正月初三，二哥在家里举行完婚礼。三天后他和新媳妇走了，二哥以后就不回来了，他就上门去女方家了。我们家出钱出力忙活了一场，没有娶回媳妇却失去了一个儿子！

　　1971 年 2 月 5 日，正月初十，我下山去了上王村三舅家，那时三舅已去世，只有三妗和他们的三个儿子在家。第二天我去二哥上门的杨家看了看。第三天上午我去了刘张村二姨家，二姨早就去世了，现在只有姨夫和续姨姨，又去了一下大表哥家，他是二姨的亲儿子，他家也在刘张村。

　　下午 4 点后，我去刘张村口垣曲县食品厂找黎明，我见到门卫后，那个门卫就把他叫出来了，他兴高采烈地跑到我跟前说："小梅，你可来了。我等你好几天了。"

　　说着他领我进到一个大厅里，他说："你在这等我一下，我去给师傅说一声。"

　　我等了他一会，他眉欢眼笑地出来了，说："走。我们出去。"

　　"去哪？"

　　"你来刘张村了，我们去县城转转。"

　　我跟着他走着，他往县城走："你今天才下来，咱这兴正月初二走老娘（姥姥）家的。"

　　"正月初三，我家办事，我哥结婚。"

　　"哦。"

　　"你跟谁来的？"

　　"我自己来的。我妈说她最近很累，不能跟我下山。"

　　"哦。你好胆大！"

　　"嗯嗯。"

　　"你啥时回去？"

　　"明个。昨天已经去过上王村三舅家了。"

　　"我看看明个能请假了，我送你回去。"

　　我们走到了垣曲县城街道，过年正月天，街道行人很少，冷冷清清，有几家店铺开着门，我们走到电影院门前。黎明说："今晚有电影《天仙配》，我们一会看看电影吧。"

"好的。"

晚上6点的电影，我们又在街道上向北转了转。

晚上6点电影《天仙配》开演，大约演了一小时。我们走出电影院时，天已全黑了。

我们就往刘张村走，从街道去刘张村，要上一个很长的大陡坡。人走着挺费劲的，黎明拉着我的手上坡。

走到村子时，他还是往前走。

"你要去哪？"

"我们到后面走走去。"

我跟着他一路上坡走，村子后面有一大片坡地，黎明顺着地边小路往里走，这的地势很高，从这里能看见县城里的灯光。

我跟着他走，走到地的中间，他停下来转过身面对我说："刚才你看《天仙配》，觉得好看吗？"

"好看。"

"我看你就像七仙女！"

我惊奇地看着他。

他双手搭在我的双肩上，他看着我沉默片刻轻声说："我爱你！我爱你！"

我没有言语。

又沉默片刻，他问："我真的爱你，你爱不爱我？"

我听不懂他说的话，我也没有回答。

他深呼吸了一下，双手轻轻地摇晃着我，说："小梅你爱不爱我？"

我还是听不懂他说的话，依然不语。

我们沉默片刻后，他嘿嘿地笑了。

他拉着我的手往前走，我们走到了地头，又返回来走。就这样来回走了好几趟。

"天很黑了，我们回去吧！"我说。

"你害怕吗？"

"有点。"

"你怕什么呢?"

"黑夜会有野兽出没。"

"不会的,这里是县城,野兽都被赶到大山里了。再说还有我在你跟前呢!"

他说着把我的手用力握了一下。

那时看着他高大健壮,很有安全感。

"明天你什么时间走?"

"早晨走。"

"明天你走的时候来找我一下,我请下假和你一起回去。"

"行。"

说着我们就往回走了,我们走到刘张村里,黎明送我走到二姨家大门口。

他说:"你进去吧。"

我进了大门,回头向他招了招手,他离开了。

1971年2月8日,正月十三早晨,我去垣曲县食品厂找黎明,他急匆匆地跑出来说:"小梅,抱歉!师傅不让我走,说正月十五前这两天可忙了,过了正月十五我回去找你。"

"好的。那我走了。"

"好遗憾啊!"说着他走出大门,陪我出了刘张村,走到上山的路口。

"我只能送你到这儿,你独自上山吧。再见!"

"再见!"我自己就往山上走。

黎明站在那看着我走了。

深山春来迟,依旧在冬季。

当天的天气晴朗,阳光明媚,山风冷飕飕呼呼地吹,野外衣襟薄,春寒挡不住,远处山上的雪被阳光照得熠熠发光。

我走了快两小时,已经走到山神庙大高斜坡的一半了,忽然听见有人在喊:"小梅,等等我!小梅,等等我!"

我站住往山下望,看见一个人影在往上走。他走得很快,一会又听见喊声:"小梅,等等我!小梅,等等我!"

他的喊声在山间回荡,山上的回音跟着附和:"小梅,等等我!小梅,等等我!"

我站在那不动。我望着那个人影不见了，我又往上走几步。又听见喊声："小梅，等等我！小梅，等等我！"山上的回音跟着附和："小梅，等等我！小梅，等等我！"

我听出是黎明的声音。

他的喊声回荡在天地间，满山遍野的山石草木都听见了。他的声音"逢草逢花报发生"，把冬日树枝枯草都激活了。若有冬眠的小动物，都会爬出洞来看看早春人间热闹了。

这才是十里春风不如你！

我站着不走了，我在等他。

他还是在喊："小梅，等等我！小梅，等等我！"山间回音附和着，山风呼啸伴奏着，简直比交响乐还好听。

方圆百里的山脉雪峰，山峦起伏，十里漫长坡，上山羊肠路，他从下面往上走，一边走一边喊，回声荡漾，奋力追他的美少女！

多么浪漫的一幅天然爱情美画卷！

我等他上来，他离我有 100 米时向我招手。

等他走到我跟前时，他一屁股坐在我脚下，气喘吁吁。"好容易追上你了！"他抬起头来看我说。他额头渗着汗珠，他的青春气息扑面而来。

他是那样的健美、洋气、帅！他神采飞扬的大眼睛脉脉含情，浓长的双眉飞在眼上，他高挺的鼻梁、丰润的嘴唇，微笑着露出齐白的牙齿。让人不由得想看他。

他伸手拉住我的手说："你坐我身上歇一会。"

我没坐他身上，我坐他跟前了，听他讲了讲他请假的经过。

"送你离开后，我很担心你独自走。我回去就给师傅说，'今天你放我一天假，回来我补两天班。'

"我师傅说：'你急着干啥？见你媳妇去才允许请假。'

"'对对。我送我媳妇回去。'

"'有看上眼的啦？'

"'哦，有啦。'

"'哪儿的？'

"'我们望仙的。'

"'县上这么几个大好美女都看不上，山里还有好女？'

"'嗯。是天上掉下个小梅妹！'

"'看你这么高兴，真看上啦？'

"'是真的！'

"'那你走吧。'

"说完我就飞快地跑出工厂。"

"我一路追赶你，好累呀！"他笑着说。

我微微一笑。

片刻后，"你休息好了，咱们走吧。"我低声说。

"可以啦。"

我们起来继续走，上山的羊肠小道很窄，我们只能一前一后地走。

我们走了半小时上到了山顶山神庙，山神庙是这的高峰。走到这里的路人都要在这儿歇一会。

"我们在这休息一下。"

"好的。"

"我们去山神庙旁边走走。"黎明说。

"行。"

他向北走，我跟着他，他的身材挺拔，有一米八高，他蜂腰长腿，浑身充满生机，活力四射。古代的"貌若潘安""玉树临风"，指的就是他这样的美男子吧！

山神庙东西坡很陡，我们走在一尺宽的小道上。

"你知道这里为什么建一座山神庙吗？"他问。

"不知道。"

"我听说，古代附近村子有一个富豪，他做生意从外地回来，赶路走了半夜到了这个地方，突然看见两只老虎在岭上趴着。他吓瘫了，跪在地上祈祷：'山神爷，山神爷求你救救我，让这两只老虎离开，随后我给你建一座庙来供奉你。'他祈祷完了，睁眼一看那两只老虎不见了。他立马跑回家。第二年他就来这里建了一座山神庙，就是这座山神庙。"

他讲完了，我倒是紧张起来，我往四处看了看，看有没有老虎潜伏。

"那我们赶快走吧。"我说。

"休息休息再走，赶天黑前回去就行。"

"这儿是老虎出没的地方，我们快离开这里吧。"

"是传说的古代的事情，现在没听说过有老虎。"

"今天路上行人很少，没碰到其他行人。这么大的山区就我们两人。我们往前走，到前面那个村子再休息吧。"

他抿着嘴笑，看着我说："白天你也怕吗？"

"你说什么老虎，我脑海里就会浮现老虎的样子。"

"你想象力好丰富啊！哦，我忘记了你还是个小女孩！"他打趣地笑着说。

我也莞尔一笑。

"别怕。有我呢！看来我来陪你是对的！"

片刻后，我们离开了山神庙向东下山了。东面的坡比较陡，踩不稳会跟跄一下。

下山时，黎明托住我的手走。"没事，我会走，摔不了。"

"我护住你会保险一些。"他说。

我们走过村庄时，会碰到羊群、牛群。

牧羊人拿着扬鞭在羊群后面走，我们走到他跟前，"哥，去放羊啊？"黎明给他打招呼。

"噢。你们是从哪里来的？"

"我们从刘张村回来。"

"今天出门见喜！……"牧羊人笑着说。

他后来说的话我也没听懂。

我们走过去了，牧羊人回头望着我们远去。

"牧羊人刚才说的话你听见了吗？"

我看了他一眼没有言语。

"他说，今天出门见喜！金童玉女意投机，才子佳人世罕稀。"黎明眉飞色舞、有说有笑。

"我看见那个牧羊人手里拿了一本掉了书皮的旧书。"

"嗯。我碰见过两次这个牧羊人，只有他放羊时手里拿本书。我问过他，是不是喜欢读书啊？他说，羊放山坡上吃草，他就看看书啦。"

"一面山坡上绿草青青，白色羊群，一个读书的牧羊人，多么美的画面！"我说。

"你好有想象力。"

"你认识那个牧羊人？"我问。

"不认识。"

"你跟牧羊人说话，我以为你认识他。"

"我们山里的风俗，见人都要打招呼，认识或不认识的人都要打招呼。到了望仙那一带，走路路过的人在谁家门前歇一会，遇到吃饭时，会给他端一碗饭吃。"

"嗯嗯。"

"山里善良朴实的民风真好！"

我们走到大灌岭沟，这的深山还是数九寒天，山沟两边积雪很厚，北风呼啸树枝作响，大灌岭沟长十多里，路两边高大的树冠交织在一起，夏季枝繁叶茂遮天蔽日，是一条天然绿荫隧道，山溪清流水潺潺；冬季是一个冰雪世界，山脚下小河水面成冰。一条高低起伏的石板路通向大灌岭沟深处，进去后沟里更是阴暗寒冷。

走进大灌岭沟就进了冰天雪地，寒气凛冽，路面高低不平、断断续续，有浮冰，不小心也会滑倒。黎明拉着我的手往前走，他的手掌又大又温暖，他一路走一路笑盈盈地看我，他眼里的光辉把所有的冰雪都融化了。

我在想，我出去的时候是怎么走出去的？怎么回来时有他陪伴，就变成了弱不禁风的小女孩了呢？

我们拉着手走，走得很慢，他说："你看这灌岭沟重在一起的树冠树枝似连理枝。"

"连理枝？"

"嗯。连理枝。连理枝又称相思树，是两棵树的枝条连生在一起。'相思树上合欢枝'比喻夫妻恩爱。"

他笑着说："我们像《天仙配》上的夫妻双双把家还。"

我听着默默不语。

我们走到灌岭沟头，天色昏暗了下来，在上坡时，黎明拽着我走。我们走到了山顶。在这里该分手了，他去望仙从大西沟岭向东走，我去鹅沟从小西沟向北走。

走到分道口停下来，"我们在这里分头走了。"我说。

"你跟我去望仙吧！"

我微笑着摇摇头。

"我想拉着你的手一直走下去。"他依依不舍地说。

我微微一笑。

"你的笑真好看！"他在我耳边说。

"我回去了。"我说。

"我送你到鹅沟吧。"

"很近，我从这下去翻过那个岭就到了。"

他跟我走到前面那个小岭上，他又拉住我的手说："真的不想放开你！"

我微笑着抽回了手，跑下山去了。

我回头看他还在那站着，我向他招招手，走进鹅沟村。

1971年4月初我去了内蒙古呼和浩特，7月底我家搬到上王村，那年他来上王村找了我两三次，那时，我无心谈婚论嫁，我们稚嫩的爱情无疾而终。黎明是一个值得爱的美男子！或许是在错的时间里遇见了对的人，我感觉挺惋惜的！

"梅奶奶，那时女孩16岁就可以结婚吗？"洵美问。

"那个年代，山里人结婚是在村里办酒席，办了酒席就算结婚了，等过两年18岁了再去领结婚证。有的生了孩子才去领证。有的也许一生都不领结婚证。我听村里老年人说的。"

"哦。那我在那时就到了婚嫁年龄？"洵美问。

"是啊。感觉自己还小吧？"

"嗯嗯。"洵美好像认真去想了。

"到了上王村，山下的青年订婚年龄稍大一些，十七八岁。我又赶上了山下的订婚季！"我想起了说。

"我们休息一下，再接着说。"

"好的。"洵美微笑说。

"我们下楼去喝点水。"

下楼后，"淘美，我们喝点菊花茶吧，你烧壶水。"

"好的。"

喝完菊花茶后，我们又上楼到书房，坐在南阳台上。

我说："人的记忆力很神奇，跟摄像机一样，打开回放后，往事历历在目！"

难忘 1971 年

1971 年过了正月，我上高中的希望化为泡影。我听母亲的提议去内蒙古找四舅寻求帮助。

呼和浩特

1971 年 3 月底，我和母亲去了上王村，她给三妗子要了四舅家的地址，三妗子说："邻村有一个女子找了个未婚夫，是在内蒙古当兵的，说这两天要去内蒙古，正好让小梅跟他一起去。"三妗子还让他给四舅带点东西。

"这样挺好的，路上有个人照应。"母亲说。

两天后，我和那个当兵的一起从垣曲火车站坐车走了。

在火车站上，这个当兵的未婚妻来车站送他，临别时，他俩拥抱告别了，这个女孩伤心得泪流满面。火车已经启动走了，那个女孩站在车窗外还在哭，那个当兵的脸也阴沉着。

火车鸣笛，哐当哐当地向山外行驶。

当天下午火车到了太原，再从太原倒车去呼和浩特。大约是晚上，我们上了去呼和浩特的火车，从太原到呼和浩特要坐三天三夜的火车。记得是早晨到的呼和浩特站，我们走到四舅家是上午，到了四舅家门口，是四舅的小姨子开门见到的我们，那个当兵的给她说明了我的情况，她说："你四舅不在，出差去外地了。"她让我们进了四舅的家，领我们进了右手的大房间。随后那个当兵的就走了，我送他到门口，他说："过几天我再来看你。"说完他就走了。

我感谢这位兵哥哥一路同行。我们乘坐的是绿皮火车的硬座车厢，在火车上的三天三夜，有形形色色的男女旅客，白天晚上有南来北往上车下车的人。三天三夜的旅途令人疲惫，我是昏昏欲睡，如入梦乡，我坐在车窗座，他一直坐我身旁，他是我人身安全的保障。还有到呼和浩特人生地不熟的，幸亏有他带我找到四舅家。

我在呼和浩特两周后，这位兵哥哥来找我说："今天我休息来看看你，你到我部队上去玩玩吧。"

"你在那做什么呢?"

"我是通信连的。"

"嗯嗯。现在我不能走,我得给舅舅一家人做饭。"

"哦。你会做饭?"

"我会做老家人吃的饭,到这我跟小姨学做他们吃的饭菜。"

"好的,那我走了。"他转身出去了。

我送他到大门口。

"我还会再来找你的。"他眉目含情地看着我说。

一个月后他再次来找我,他递给我一封信,他给我写了一封情书。我没有回复他,我也不知道该怎样回复他,之后我们没有再联系。

我在想,他的未婚妻和他离别时哭成了泪人,怎么还没感动他那颗心呢?所以,情人离别时,最好别哭。笑比哭好看!

我到内蒙古一周后的一个下午,四舅回来了。

他进院子时,泉生和小姨先跑上去和他打招呼、接行李包。

四舅高大魁梧,相貌堂堂,他穿着一身深蓝色中山装走了进来。

我站在一楼大房间门口,他走到我跟前时,我叫了一声:"四舅。"

他见了我,问:"你是三姐家的小女?"

"嗯,是。"我应声道。

"我叫倪小梅,我妈让我来找你,想让你给我找个学校上学。"

"哦。你先住下再说。"

我感到希望在眼前。

其实,这次我来内蒙古的时机不对,年前四妗子刚把她娘家一家四口从东北搬到呼和浩特,她的父母,还有一个弟弟一个妹子。还有一个月前泉生一家三口从草原上刚调回呼和浩特。现在这个家,外人就有 7 口,加上我是 8 个,还有四舅一家 5 口人,四舅家有三个儿子,大的十五六岁,第二的十二三岁,小儿子七八岁,他们都在上学。

现在四舅家一天就有 13 口人吃饭,而吃闲饭的就有 11 口人。

这么多人光吃饭就已经很忙了。

四妗子的小妹二十五六岁,像个管家,说话盛气凌人。小姨对泉生媳妇不满，嫌她光吃饭不干活。那时泉生媳妇有个 10 个月大的婴儿，她天天抱着孩子。

小姨自然成了我的领班，她不停地吆喝我干这干那，洗衣物也是我的一项重要的活。家里的卫生保洁是我的活，我从早上干到晚上。

每天早晨 5 点我起床，做早餐，洗碗刷锅，收拾房间，打扫卫生。

一楼有两个房间（东边大房间，西边小房间）、厨房、卫生间。我在大房间支了一张小床临时住着，小房间是泉生一家三口住。

四妗子娘家四口人在外面租房子住，白天他们来这里吃饭。

上午 9 点后我跟小姨出去买菜，回来准备午餐，餐后洗碗刷锅，收拾完就下午 3 点了。

下午 3 点后我再去搞楼上卫生，楼上有两间房子、一个卫生间，四舅和四妗子住一间，他们的儿子们住一间。

搞完楼上卫生，就该做晚饭了。晚饭后收拾完厨房卫生，就是晚上八九点了。

每天下午还要洗衣物。院子也要保持干净，抽空扫一扫。

从早到晚，我不停地做家务，也累也很忙。

泉　生

泉生是我二舅家的儿子，二舅去世后，四舅把他接到内蒙古，那时他十几岁，供他上学读书，大学毕业后，找了个媳妇，去年生了一个女儿，那时他女儿大概 10 个月大吧。

泉生大高个子，深邃的目光，一脸忧郁，他媳妇天天带着孩子，他俩三天两头地吵架，他媳妇每次哭得稀里哗啦的。

我来一个多月后，在一个周六的上午，泉生对我说："小梅，你看我叔叔忧愁熬煎吗？"

"不知道。"

"小梅，你现在回去吧。"

"是四舅让你给我说的吗？"

"我说的，你看一下现实情况，四婶一家四口，她妹妹没工作，她弟弟腿残疾，工作不好找，我和我媳妇也没安排好工作。你说我叔叔熬煎吗？"

我在听他说话。

"你年龄还小，过两年再找工作也行。"他说。

"我是来上学的。"

"上学？小女家上不上学也无所谓呀！"

"泉生哥，你不是老师吗？女生就不需要上学吗？"

"嗯。也需要的。"

"那你媳妇怎么就上到大学了？"

"你看她那个样子，上了学也没啥用，上学和不上学没什么区别！"

"她长得挺好看的！"

"呵呵。"泉生笑了，他知道我理解错了，我们不在一个频道上。

他走出去转了一圈又进来说："小梅，我给你说的是实话，你准备回去吧。"

"为什么我要听你的？我来是找我四舅的。"

"你不了解社会形势，现在谁敢安排你？到时候把我叔叔都连累了，我们都跟着玩完。"

我惊讶得无语了。

听了泉生说的话，那一天我很不开心。晚上我躺在床上哭了，好像我哭到了深夜，我不知道我该怎么办。我满怀希望地来到内蒙古找四舅，但希望上学的梦就破灭了吗？

我来内蒙古一个多月了，我都没去过呼和浩特街上看看。第二天早餐后，我骑上自行车上街了。那时的呼和浩特街上很萧条，走到十字路口时，却看见了满街道都是军人。当兵的成群结队，有一排排走的，有一排排坐在马路牙子上休息的。

十字路口处就有一个大商场，我把车子停下来，进商场看看，商场里面摆设的是一排排玻璃橱柜，里面放着各种货物。

我走近门口第一个橱柜看时，有一个男青年也来这里看，我又往里走着看，他跟着我走，我在哪个橱柜停下，他也停下。我又走到后面的橱柜看时，他微笑着问我："你家住在哪？"

我看了他一眼没言语，他的打扮像西部牛仔，他戴了一顶褐色宽沿牛皮礼帽。

我离开了柜台向出口那边走，他跟着我走着，问："你家住在哪?"

我没有理他。

我径直走出商场，骑上车子往回家走，他也骑上车子跟着我走。我骑到四舅家院子的楼头下来，那个青年也停下车子下来。他站那望着我，我步入四舅家院子进了家门。

我看他也没有什么恶意，不过这里的陌生人很胆大，能跟踪着你走。

之后我没有单独再去过呼和浩特的街上。

泉生对我说的话使我心神不定。

一天早餐后，我收拾碗碟，走到走廊时一个大盘子从手里掉下摔破了，当时我被吓愣了。这时的四舅刚好在走廊门外院子站着，他听到盘子摔碎的声音后回头看了一眼，没说什么就走了。

这件事让我看到了四舅的大度包容，他的无所谓给了我安慰。

我想对母亲说，因那时没有电话，母亲又不识字，写信她看不了，我就给在宁夏吴忠的大哥倪义军写信，写了泉生对我说的话，大哥回信把泉生驳斥了一顿。

有一天周日的上午，我在二楼擦走廊地板，四舅从他房间出来，看见我说："小梅，你进来一下。"

我到这里快两个月了没进过四舅的房间，刚来时小姨吩咐我说："你不要随便进二楼我姐的房间。"

今天四舅叫我，我进去了，房间挺大的，有一张大床，靠窗有一个大写字台，上面有一个座机电话，写字台后有一把老板椅，进门右手靠墙有两个单人沙发，中间有一个小茶几。

我小心地走了进去，四舅用手指着沙发说："你坐下。"四舅走到写字台后坐下。

那时候我不知道沙发是让人坐的，我走近沙发坐上，一下子陷下去了，吓我一跳，我忙站了起来。

舅舅微笑着说："那是沙发，里面用弹簧和海绵做的，你坐下吧。"

我又重新坐下，坐在舒适的沙发上。

舅舅问我：“你有个哥哥在宁夏？”

“嗯。是我大哥义军。”

他说：“你大哥还很有文采，真不愧是倪文朗的儿子，过去你们倪家是书香世家、大地主有钱人家。”

我看见写字台上放着大哥的信件，是开封的，泉生应该是把大哥写给他的信给了四舅看。

我问：“四舅，你见过我父亲吗？”

他说：“见过，我年少时去过你家，你父亲也是气宇轩昂、恃才傲物。”

“前年我父亲去世了。”

“哦。”四舅哦了一声，沉默片刻，他流下了眼泪。

他问：“你妈跟谁过呢？”

“我妈独自在鹅沟。”

“你不是还有个哥吗？”

“嗯。二哥咸生。”

“你妈是和你二哥在一起过吗？”

“没有。我二哥今年正月结婚了，他到上王村上门去了。”

“唉！干了件糊涂事啊。”他叹息着说。

当时我没听懂他的意思。现在想起来应该是说我妈，让儿子上门是错误的。

我怯生生地说：“四舅，我妈让我来找你，想让你给我找个学校上学，以后再找个工作。”

四舅没有言语。

我和四舅说话是用垣曲口语，也就是乡音，那时我还不会说普通话。

我恭默守静了一会。四舅说：“你先出去吧。”

下楼后我回想刚才四舅说的话，他说的倪家是哪个年代的事？如果现在他去看看我家的家境，他又会有何感叹呢？

我在四舅家待的第二个月，家里来了两个人，是垣曲上王村的队长和一个同乡，他们来找四舅给村里买拖拉机，那个队长个子不高，是一个 50 来岁的干瘦老头，但看上去很精明。他们在内蒙古住了两天，白天在四舅家等四舅，没事队长就找我说话，他知道我是从垣曲来的，了解到我是来找工作的。他对我说："你回垣曲，我能让你去东峰山矿上工作。"

他说："每年东峰山矿上都来咱村上招工人，我安排谁去谁才能去。"

"我家是鹅沟的。"我说。

"我把你家搬到上王村来。"他笑着说。

"现在我想先上学。"

他说："那上学就更好办了，东峰山技工学校年年招生。我叫谁去谁就能去！"

我疑惑不解地看着他。

"他是咱村的政治队长，说一不二的！"和他一起来的同乡说。

"哦。是正队长！"

我没有在意他说的话。他们走了。

一天早晨，我看见四舅脸色阴沉，没有吃早餐就走出房间。我追了出去："四舅，你没吃早餐？"

"嗯。你四妗子昨晚半夜住院了。"

"啊。"

说着四舅走出大门，上了在门口等他的黑色轿车，我看着车子开走了。

我在想昨晚半夜我可能是深睡了，怎么没听见他们出门的脚步声呢？

过了三天四妗子还没出院，那天黄昏四舅准备出去，我跟着他走到院子，我问："四舅，我四妗子好了吗？"

"嗯。"他哼了一声。

"我想去医院看看四妗子。"

"行。"四舅答应了往外走，我跟着他走，我问："四舅，你是什么时候到内蒙古来的？"

他说："解放后到的内蒙古，我是从枪林弹雨中走过来的，参加过抗日战争，也参加了解放战争。"

"哦。打仗时你受过伤吗？"

"我的腰和腿上有伤疤，腰部中的是弹片，腿上中的是子弹。"

"哟。"

原来舅舅就是人们说的老革命，我对四舅肃然起敬我跟着四舅在马路边上走，我以为我们就这样走到医院去。

我们走了一会，那辆黑色轿车开过来了，舅舅说："我们上车吧。"舅舅坐在副驾驶，我坐在后面。车在路上拐了几个弯，没开多久就到医院了。我们去住院部看过四妗子后就回家了。

这是我第一次坐小轿车，心里说不上有多高兴。车外的树木、行人、市井风情，像看电影似的往后移动。

过了几天，上王村的那两人又来了。他们走了半个月后又来内蒙古了。那个正队长还是笑嘻嘻地对我说着上次他说过的话。

第二天下午，他们和四舅座谈了半天后走了。

翌日上午，泉生笑眯眯地对我说："小梅，我给你说件好事情，王村那个队长找我叔叔给村上买拖拉机，叔叔给他们办了。我叔叔让我给你说，昨天他和那个王村队长说好了，把我姑姑和你的户口搬到上王村，那个队长欣然答应了，说'行'。随后他答应回去再给你找个工作。你就准备回去吧。"

我听后沉默了一会，我说不上来心里的不悦。

他又说："你到太原后，我让恒生接你，你在太原转两天。"他接着说："正好恒生有个同学在呼和浩特，过两天他走时你和他一块走吧。"

我没有言语，心里感觉不开心。

泉生自说自笑："你遇上了多好的事啊。"

晚饭后，我找到四舅说："四舅，今上午泉生哥给我说的话是你的意思吗？在这里你给我找不到学校上吗？"

四舅说："小梅，你先回去吧，我和上王村那个队长说好了，他会帮你的。"

"那你为什么供泉生上大学，他有了工作后还把他调回呼和浩特？"

四舅说："不把他调回来，在草原上待一辈子，他就会变成当地人。"

我沉默不语了。

片刻后，四舅给了我 15 块钱，他说："这是我给你的路费。"

我接过 15 块钱。从内蒙古呼和浩特到太原的火车票是 15 块 1 毛钱。

我知道在这里的希望破灭了。

两天后，我准备走了。我来时，我妈赶着给四舅家儿子一人做了一双布鞋，我到了后都没敢拿出来给四妗子，因为他们儿子穿的都是买的鞋，我怕他们嫌土气不敢给。我走的时候就把布鞋放到衣柜里了。

我走的那一天早晨，四妗子出来送我到她家门口说："小梅你很聪明又很能干，很勤快又有眼色。你是倪家娇女百伶百俐。以后有空请再来我家玩吧。"

"嗯嗯。"

四妗子说话很好听。那时候我心想我再也不来了。

迄今为止。四妗子是我见过最漂亮、最洋气的女人，她身高1米7以上，高挑身材，高雅气质，是高学历的校花，她五官标致得似画中人，她仪态温文尔雅、端庄大方，她就是"腹有诗书气自华"的写照，每天她碰见我总是面带微笑，她莞尔一笑很可人。我挺喜欢四妗子的。

我听母亲说，四妗子比我四舅小20岁，是四舅百里挑一才找到的女子，那时她还是正念书的女大学生。四妗子确实是美不虚传，四舅好有福气。

我像一片落叶，静静地离开了呼和浩特。从此我没有再去过内蒙古，到现在已经50年了。

在内蒙古我算是快乐地度过了三个月，每天从早到晚我忙个不停地干家务活，做饭、保洁、洗衣服，后来连小姨都不干了。四妗子常夸我说："小梅是个聪明能干的女孩子。"

我从小姨那学会了做一桌子饭菜，我学会了做糖醋鱼、红烧鸡块，还有炸丸子。

在四舅家，我知道了餐桌礼仪：每顿饭前，四舅不动筷子，其他人不能先吃，无论大人或孩子；餐后，四舅不离开餐桌，其他人不能先离开，无论大人和孩子。

在内蒙古，我是第一次坐沙发，第一次坐小轿车。

那时我很向往城市的幸福生活！

回程我在山西太原待了两天，见到了恒生表哥。恒生面带微笑，待人和善，他安排我住在女生宿舍，第二天他带我去太原晋祠看了看，我们是骑自行车去的，我们在晋祠转了大半天，回来又去太原市区迎泽大街的商场里转了一下。

第三天，我离开太原回垣曲。

出垣曲

四舅是把我送进了上王村——这个大魔窟！

出垣曲！——我历尽 10 年磨难才走出去！

1971 年的 7 月初，我回到了山西垣曲。到了上王村后，我和母亲住三舅家，三舅在几年前去世了，现在家里有三妗子和她的三个儿子，三妗子还有一个侄子也在这里。

三舅家这个院子是旧社会的四合院，他家的房子，有北舍（房子）、东舍、西舍，还有北舍的东西角舍。

北舍（房子）是正房，也高也大，那时是被村里用作供销社，也就是现在的小超市，供村里人来这里买一些生活日用品。这样院子每天就有来来往往的村民出入，也有东峰山的工人来这买东西。他们在这里买东西、聊天还蛮热闹的。

三妗子住东舍，我和母亲暂时住西舍。他们的儿子住北舍的两边角房。白天我们母女和三妗一家一起吃饭，三妗子家的三个儿子，还有一个她的侄子一直跟着她生活。这样三妗家每顿饭就有 7 口人吃饭。

三妗家的大儿子晓光约 21 岁，二儿子春生约 17 岁，三儿子约 12 岁，三妗侄子亚宝约 25 岁。

这里做饭用柴火烧大铁锅，我做不了他们吃的饭，刷锅洗碗、打扫房间卫生、扫院子是我的活。家里的衣物要拿到村东边的河里去洗，衣物不是每天洗，他们是攒下一筐衣物才拿去洗，这些衣物在东河滩洗得用一天时间。开始三妗叫我跟她一起去洗，她叫亚宝把一筐脏衣物送到东河滩，后来她不去了就叫我自己拿到东河滩去洗。

三妗子个子不高，但她泼辣能干，说话嗓门特别大，在家大呼小叫的。她最爱朝着她的侄子喊："亚宝！亚宝！干什么去？干什么活去？"她的儿子们也怕她，不敢犟一句嘴。

我自然是得看她脸色行事。

三妗子是悍妇当家、口无遮拦、见谁损谁，她说话的语气连我妈都听不惯。

但她很精明，看人行事，她会阿谀奉承，喜欢巴结权贵。

在三舅家住了一个月，母亲在村子西南头租了一个房子，我们搬出去住了。

来上王村一个月了，我没干什么，我在等正队长给我安排上学呢。

晓　光

三妗家有衣物要洗时，她会叫我去干的。

这一次要洗的衣物多，她叫表哥晓光帮我把衣物送到东河滩，晓光把衣物筐送到东河滩后他没有走，他说："床单这么大，我来洗吧。你洗小衣服。"

"好呀。"我还挺感激的。

我们就在河边洗衣物。表哥有力气，他很轻松地掂洗着沉重的湿床单，今天这筐衣物很快就洗好了。

东河滩是一个很宽的大河床，河流是季节性的，夏天的河水大，附近村的人都来这条河里洗衣物，河边每天都有人来这里洗衣物。

我们在回家的路上要上一个很高的陡坡，晓光他扛上装湿衣物的筐子往回走。我跟着他走，遇到村里过路的人，他们都会问："晓光洗衣服去啦？跟你的这小女是谁？"

"是给你说的媳妇吗？"

晓光扛着筐子走只是"嗯嗯""嗯嗯"的。

我没在意他们说的话。

但行人们频频回首望着我。

回到家后，晓光看着我憨笑说："今天门汉人见你都跟我打招呼！"

我没有言语。

从那天起，晓光就天天晚上来我家。白天他跟着师傅学开拖拉机，晚饭后他就来我家串门坐一两个小时。

"晓光，一天你干啥活哩？"我妈问他。

"在岭上开拖拉机犁地。"

"我想跟你学开拖拉机。"我说。

"行。明天你跟我去地里。"

第二天早晨，晓光来叫我，我跟着他去看拖拉机耕地了。这个拖拉机很小，司机坐上后就没什么空间了，我要坐的话就只能坐在司机旁的大轮胎上的遮板上。每天开动拖拉机时，那个师傅会先启动，他驾驶拖拉机犁地两圈后才交给晓光开，这时的晓光还是学徒，因这个拖拉机是四舅帮生产队买的，晓光才会有机会开。那段时间每天我跟着晓光想学开拖拉机。

每天早晨晓光来我家叫我，晚上他会来我家待着。

他每次见我都是喜笑颜开。我们一起走出门来到地里，他开拖拉机，我坐他旁边看着他操作。

我跟着他见习一周后，拖拉机要是耕作大片地时，我就试着来开一下，我也会开拖拉机了。晓光就坐在我右侧看着指挥着，有时他会帮我转动方向盘，他的左手会搂住我，右手转动方向盘。这两天，我跟他学开拖拉机时，他经常会有这样的动作。那个拖拉机师傅笑着还用异样的眼光看着我。

我只开直行线的，掉头拐弯时他开。

这几天，我们走在田间的小路上时，我高兴的是我会开拖拉机了，晓光是边走边看着我喜气洋洋。

村民们碰到我们俩，也都愉快地打着招呼。

晓光年前退了一个婚，年后他妈又给他订了一个婚，女方是西边石坡队队长家的大女儿。三妗子是很满意这门亲事的。

有一天，晓光对我说："我还是想退婚，我不喜欢这个女的。我妈哭闹得很厉害，说：'你要再敢退婚，你就别在家住了。你出去吧！'"

他一脸不悦，我也不知道该说什么。

每天我和晓光在村子结伴而行，关于我们的流言蜚语就在村里传开了。那时晓光是知道的，但我全然不知。

后来，晓光对我说："我喜欢和你形影不离，这样做是想逼女方提出退婚。"

房东30多岁就秃顶了，他看上去挺面老的。他家院子有3座房子——北舍、东舍、西舍，他和家人住北舍，我们家租他家的西舍，东舍是他家灶房。他们家6口人，有两个妹妹，大妹叫狗女，有十三四岁了，小妹有八九岁了。

出　轨

这几天村里发生了一件风流韵事，就发生在我住的这个院子向东隔着两家的院子。

有一天早晨，我在院子听见怒吼、打骂声和哭喊声，房东嫂急忙叫我："小梅走，去看看。"

我跟着她跑去看，跑到我住的这个院子向东隔着两家的院子停了下来。

男人大约四十岁，他横眉怒目。

他的老婆被拖在院子地上，衣不遮体，被丈夫暴怒地拳打脚踢，而她只是掩面而泣，她的裤子脱落露出半拉屁股，她用手往上拉一下，她的丈夫又把裤子给她拽下来，又踢又骂："不要脸的东西！你还知道丢人啊？"她只有抱头痛哭。

而村里人还有邻村的人都来围观，像看戏一样，围观的人有一二十人却没有人劝架。

我看她很可怜，她是被世人抛弃的女人。

房东嫂说："这个老婆和生产队长相好（外遇），大前天晚上后半夜，那个生产队长跑到她家去睡她，被她丈夫发现了，丈夫起身大喊大叫，那个队长从炕上窗子跳出去跑了。这个生产队长跑到现在还没回来。"

这家有两个儿子，大的十一二岁，小的七八岁了，那晚是丈夫和两个儿子住东间，他老婆自己住西间。

这几天，那个丈夫每天暴打羞辱他老婆，也不顾忌他两个儿子的感受。

村民们都说这个女人该打，没人制止家庭暴力，反倒拍手叫好。

我认为这个妇女是受害者。她的丈夫和队长情夫难道没有责任吗？

而男人爱面子，是善于伪装的，往往把荡妇名甩给女人，妇女是身心受伤无人疼。

在农村，风流韵事的见闻不知凡几。

菜园子

我到上王村后，每周都去找正队长："队长舅，你给我找到学校了吗？"

队长说："现在学校都放假了，等开学了再说。"

"我都等了一个多月。"

队长说："你先去东峰山村里的菜园子干活。菜园里的活又不重。"

"行。明天我去菜园子吧。"

生产队菜园子的主管是正队长的亲兄弟。菜园里有五六个村民在干活，每天我要听队长兄弟安排干什么活。

夏季，我在菜园子里摘黄瓜、摘西红柿，种小白菜，浇水、施肥，觉得还很新鲜，每天我快乐地去菜园子干活。

摘下的蔬菜由三个村民担到东风山十二冶建的工人宿舍十字路口去卖。

一个多月过后，我又去找正队长："队长舅，我的学校找好了吗？"

他说："再等等，学校招生名额没下来。"

听了后我愉快地去菜园子干活。秋季，种白萝卜、红萝卜，栽葱，浇水、施肥。

有一天晚上下工后我在家里，母亲微笑着对我说："有人给你说媒呢。"

我听了没有反应，她说："是正队长家的儿子，那娃正在念高中呢。"

"谁说的？"

"是房东嫂子来说的。"

母亲接着说："近来房东嫂已经给我说过两三回了，我说这倒是一个好人家，但现在新社会外边兴自由恋爱。"

我听了不语。

夜里我想起在内蒙古时正队长笑嘻嘻圆滑的神态，极力说服我回来，原来如此。我感觉不妙，意识到我要上学、要工作的愿望恐成泡影。

一个月后，我妈说："今你三妗子来了说，正队长常到她家坐，找她说，给你小外甥女找个好婆家，看他家儿子怎样？她笑着说：'你不嫌我外甥女是高成分，你这个大队长不想当了？'他说，那咱两家攀亲家吧。'那小梅又不是我女子。''你给你姑姐说说，把她过继到你跟前来。'"

三妗子说完了，母亲心里不高兴了，她想："我把女儿养这么大了，我过继给了你（三妗子），再去受你的气？"

我妈说："小梅大了，我当不了她的家。"

我被这个队长盯上了，三妗子也想讨好队长，三妗子是一个嘴尖舌快的村妇，这个事断断续续说了一年多。

我觉得这是队长设计的一个圈套，我心里讨厌他，感觉被骗了，整天闷闷不乐。

在那阴霾的日子里，每天晓光都来我家看我，顺路时他和我一起去菜园子，有时他会接我从菜园子回家，他的微笑温暖着我，看见他的笑脸会感到安心。

初　吻

这年的八月十五中秋节前两天，晓光来找我，说："我妈叫你去我家一趟，说有事找你。"

我和他一起去三妗子家，走到大门口时，碰到了一个工人来供销社买东西，那人问："晓光，这是你媳妇吗?"

"嗯，是我媳妇。"

"你有福气，这小女长得真喜人!"

我诧异地看着表哥，想着他为什么这样说。

他嬉皮笑脸地说："没事! 没事!"

我们走进三妗子房间。

三妗子见了我，说："小梅，古城那边你表姐小敏病了好几年，你们去看看她吧。这几年都是我去看她。我叫晓光去，他说他不想去，你跟晓光去行吗?"

"可以。"

晓光一听三妗子叫我陪他去，他喜形于色地说："我去，我去。"

"嗯嗯。我们坐车去古城?"

"大客车只在古城镇停，离小敏姐家还有七八里路呢，我们骑车子去吧!"

"那么远骑车子会很累吧?"

"古城离这里有 60 里路。"

"那天要是累了，你们就别回来了，在小敏家住一晚上，第二天再回来。"三妗子说。

八月十五那天天气晴朗，三妗子蒸了几个大馒头，让晓光带上送小敏姐。

小敏姐是我大姨家的大女儿。

早晨 7 点半，我和晓光骑着车子出发了。我们顺着公路骑车，下午 2 点半我们到达古城小敏姐家，小敏姐是半身不遂，她见到我们伤感哭泣。我们在她家待了会，感觉在她家也没法住，就准备返回上王村。

"现在往回走，回到家会天黑的。"我说。

"没事。天黑也能骑车赶路。"晓光说。

我们告别小敏姐就起程了。

古城镇靠近黄河边，我们返程的路是一路上坡，这样骑车子回去就比较费劲，我们骑车子约十里路就得休息一下，这样回程用的时间就长，黄昏时才走了三分之一的路，骑到路程一半时天已经黑了，越往后走也就越累，骑车到高洛时离上王村还有 15 里路，我们就停下来休息，马路的西边有一条田间小路。晓光说："我们把车子停在这条小路上。"车子停放好了，我们坐在玉米地的田埂边休息，我坐在他的右边。

"你累吗？"晓光问。

"累。我又累又困。你累吗？"

"累。"

"今天骑车子出来跑这么远，回程又是一路上坡。"

"高洛离王村不远了。"

"离王村有多远？"

"15 里。"

"我感觉都骑不动车子了。"

"那就在这多歇歇吧。"说着他就把我搂住，我头靠在他肩上，一会儿我困了就开始打盹，我迷迷糊糊地感到他在亲吻我，我醒了看了他一眼，他又抱紧我开始亲吻，感觉非常甜蜜，我们接吻了好长时间。他是我的初吻。

我们在这里坐着歇息了一两个小时。

半夜起风了，野地里有点冷。

当晚八月十五的月亮最圆最亮，月光轻洒着素洁银辉。

荒郊野外，万籁俱寂，这里没有行人，没有车辆，没有野兽出没。

只有我们俩在拥抱亲吻。

这里四周是青纱帐，风吹植物沙沙响。

我是恐惧黑夜的，今晚有表哥在跟前，好像黑夜变白昼了。

天空中十五的明月离我们很近，满满的月光照在我们身上，我不知道是在人间还是在天上。

"我们走吧。"我说。

"你歇过来了吗?"

"可以了。"

我们站起来活动了一下，表哥说："从第一次看见你，我就喜欢你。每天都想亲亲你!"

他又紧紧地抱住我亲吻。

我们回到上王村，大约凌晨3点了，那晚我睡在三妗子的炕上。

从那天晚上以后，晓光像焕发了青春，他越来越帅气了，他的笑容也格外迷人了。每天他来找我的次数也多了，一天能来我家两三趟，晌午、下午、晚上，有时大清早也来我家。

每天第一面我见他是满脸春风，他的每一个细胞都在笑，他的笑发至心灵深处，他的眼神充满了爱和喜悦。我被他的爱融化了。

我从内蒙古回来已经4个多月了，正队长并没有给我找学校上。

有一天，我因此事生气流泪，一见到表哥来了竟然破涕为笑。

表哥好像是我心灵的守护者。

他开心的笑太有感染力了，感觉他把一生的笑都给了我!

也是从那晚起，每天晚上他都来我家，每天晚上我都送他出去。有时在村边无人的路上，有时会去西边麦场里，有时也会去南边的崖底下，他亲吻我后我才回去。

有一次他走进院子时，房东嫂笑着说："晓光，你姑姑家门槛都快被你踢塌了!"

上王村北边有一个教室，是五六年级学生上课的教室。

每天我还是去菜园子干活，去菜园子的路上要经过这个教室。每天晌午饭后，我经过教室，教室外都站着一排学生看着我走过，我也看着他们，有的孩子对我微笑。

我很向往去读书、学知识。

那时我对吻也是无知的，我不知道为什么要接吻，我只是顺从他。

锁门风波

11 月中旬的一天下午，我在家，表哥来了，他进门不久。房东妹狗女就从外面把我家的房门锁上了，把我和表哥锁在了屋里。

我惊讶地喊："狗女，狗女，你为什么锁我家门？"

她不吭声，走了。

我很焦急地喊："狗女，狗女，你别走！你过来我给你说话。"

她不搭理我。

"别理她！让她锁！我们就在屋里待着呗。"表哥微笑着说。

我看着表哥，感觉这样不好，我有一种说不出来的不祥的感觉。"这样传出去，对你影响不好。"我指指村外。

"你别在意，我就是想让她家知道，让她家退婚！"

其实，每天我跟表哥在村子出双入对地走，我们已是新的焦点了。

我心神不宁地走来走去，我在门里向外看，我使劲喊："狗女，狗女！狗女，狗女！你过来啊！"

等了约一刻钟，狗女走出来站在她家门口。

"狗女，狗女，你过来，我给你根好看的头绳，要吗？"

"你给我头绳？"

"是。我给你一根红色头绳。"

"让我看看。"

"好的。你过来给我把门打开，我给你。"

她跑过来，把门锁打开了。

我快速开了门对表哥说："你先出去一下。"

表哥出去站在院子里。

我给了狗女一条红头绳。

这场锁门的风波解除了。但那时的我还是比较单纯，狗女锁门只是一个事件，她背后的推手是谁我不知道。

狗女没怎么上过学，类似文盲，她年龄又小，她是不懂得捉奸的！

但我家房头外出现了一个坐轮椅的人。

平时我出大门是向西拐，上地里干活，这两天有一个坐轮椅的残疾人，大约 50 岁的老汉，他就待在我家房头路边，他见我走过时会挪动他的轮椅，我问他："你需要帮忙吗？"

他不说话却怒目而视，露出凶神恶煞的眼神，这是我见过最可怕的眼神，吓得我跑开了。

这个轮椅人在我家房头路边待了好多天。

我问晓光："那个坐轮椅的人是谁？"

"他家在村北住，过去是造反派，两派武斗时他被打伤残疾了。"

此后我出大门就向东边绕道走了。

大雪纷飞

到了腊月中旬的某一天晚上，天下大雪气温骤降，农村屋里很冷，滴水结冰。母亲就在炕上拉开一条被子，人坐在炕上将被子盖在腿上保暖。冬天天黑得比较早，下雪天天气阴沉，天就黑得更早了。那时我们没有表，感觉已经很晚了，我在想表哥今晚还来吗。待了好一会，我听见院子有沙沙踩雪的脚步声，晓光来了，他进了门，帽子和肩上都是雪。

"晓光来了？"我妈问。

"姑。"

"外面雪下大了。"

"嗯，雪挺大的。"

"是，到该下雪的时候了。"

晓光坐在进门炕边的凳子上，他坐得离我很近，我坐在炕上靠近门的一边，母亲坐在我对面的窗子边。

"你过事的东西都准备好了吗？"我妈问。

晓光没吭声。

"你正月要结婚了。你妈在忙着给你准备娶媳妇的东西。"我妈说。

晓光尴笑不语。

不久，我妈困了，她侧身向里睡了。

由于屋里寒冷，晓光的手就伸进被子里取暖，他的胸贴在炕沿上，随即他就拉住我的手。

我们坐着也不怎么说话，就笑盈盈地互相看着待着，眉来眼去，目光交织。他的眼睛清澈明亮，浅笑似春波荡漾，他的眼神吸引你进入他的奇幻世界，怎么看也看不透、看不够。

瞬美目以流眄，含言笑而不分。

不知不觉，时间就过了一两个小时。

母亲转身醒来看见晓光还在这里，便说："啥时候了，不早了，晓光你回去睡吧。"

"嗯。"表哥拉我的手示意我出去。

晓光站起来，我下炕穿鞋，我们站在屋门口看，外面大雪纷飞，地面铺了一张厚厚大大的新白雪毯，我们走出了院子大门，白雪覆盖村舍。夜深人静时，乡间鸡犬宁，我们在雪地上留下双人脚印，在我家房后的村路上我们拥吻，大片大片的雪花飘落在我们脸上，融化了。

"我抱你去我家吧。"表哥对着我耳根说完便抱起我。我会心一笑地推他，他一放下我，我就跑开回家了。

我愉快地回家了，一进家门，母亲一脸愠色说："以后晚上你再敢跟晓光出去，我就生气啦！"

"小女家要有规矩，黑天半夜的不能随便跟着大小伙子跑。"

我看母亲她一脸恼怒，我没有言语。

接下来的晚上，表哥告诉我，他在哪里等我，我等他出去约一刻钟后再出去找他。那些天的晚上我们会走到离村子远一点的地方见。

到了腊月二十三，我妈说："小梅，今年春节，你去咸阳过年吧。"

"行。"

"过两天你就走吧，要过年啦，去帮你大姐打扫打扫房子。"

"行。"

"你过了正月十五再回来。"

"行。"

三天后我坐火车去咸阳了，也就是腊月二十六。

在腊月二十五的黄昏，我去东风山十二冶职工澡堂洗了个澡。洗完澡出来天已黑了，表哥来接我，我们就去了他家，他领我进了北舍的东角房，他打开灯，这是三妗子给他准备的新房，房子里的墙壁是新粉刷的，靠近门的窗下有一张大床，里面摆着一张小桌椅。结婚用的新被褥也缝好了，叠着放在床上。

"以后你住这里？"我看着表哥问。

他一把搂抱住我，在我耳边说："你知道吗，我不想结这个婚。"

说着他就抱着我在床边坐下，脱了我的鞋，这时，就听见二哥在院子大门处喊叫："小梅，小梅！"

表哥迅速捂住我的嘴同时关上灯，我们横躺在床上，我听见二哥走进后院喊："小梅，小梅！"

直到听见他的脚步声出了大门良久，表哥才把他的手从我嘴上移开。我们好像经历了一场冒险。

"你好香！你身上有花香！"

表哥喜悦地说着，然后闻我的头发，闻我的脖颈，痒得我笑出了声，我马上坐了起来，他又扑倒我，我们接吻了好长时间，他悄悄地说："今晚你睡我这吧。""明早我要去咸阳了，我得回家去睡。"说着我就要起身，他抱紧我，我动不了。

我们就这样躺着一会又一会，一会又一会。

"我得回去了，我怕二哥又来找我。"说完我起身下床。

"明天你要走吗？"

"嗯。我妈让我去咸阳。"

"什么时候回来？"

"我妈让我过了正月十五再回来。"

"哦哦。"表哥又抱住我，紧紧地把我搂在怀里。瞬间感到他挺沉重的。

"多少暗愁密意，唯有天知。"

第二天早上，我没有见到表哥来我家。

二哥来了。

"你把小梅送到火车站。"我妈对二哥说。

上王村离火车站有五六里路，那时我们都是走着去。

我哥送我时，他走得很快，能把我落下十几米远，他在前面喊叫："你快走，快！你快走，快！"接着走一会后他又训斥："你走快点！快点！你走快点！"

我已经是很用力地在赶路了。

那时感到二哥像是在押送我似的。

之后母亲和二哥像屏障似的阻止我和表哥接触。

咸阳过年

那天晚上，我到了咸阳法院街 29 号院，见了大姐。

第二天我去八厂二姐家，二姐家有一个小套间，里面的一张大床就占满了空间，见过二姐后，我躺在套间里的床上睡着了，这一睡就是一天，白天起来吃顿饭就又睡着了。

晚上我起来去大姐家住，因二姐家没有地方让我住。

白天我去二姐家睡，晚上我去大姐住，还是睡觉。我就这样一连睡了 7 天 7 夜，也没人问我这是怎么了，我好像极其疲惫。这一年来我真是很累了，我的精神需要歇息，好像我回咸阳是来整休的。

"咸阳二三月，宫柳黄金枝。"在春风和煦的春光里，我离开了美丽的咸阳。

正月十六那天，我从咸阳返回山西垣曲。在长途火车上，我坐在靠近走道的位置，斜对面坐着两个年轻的男女青年，不知道他们是情侣还是同事，那个男青年看了我一路，我在侯马下车时，他走到我跟前说："你家在哪？随后我去找你。"我没有理他，他给了我一张纸条，说："这是我的地址，请你以后来找我。"我下车后就把纸条扔了。

黄昏时，我回到垣曲上王村走进家里，母亲问了问大姐二姐家里的情况。晚饭后我就睡了。

第二天早上起来，母亲对我说："正月初三晓光娶媳妇，那天早上晓光睡着不起来，亲戚们都来了还是叫不起他。那天总算是把媳妇娶回来了。"

"小梅儿，你不知道，如果晓光不娶这个媳妇过来，或许现在我们都不得安宁。年前腊月初，你三妗子找我说，晓光天天跑你这，在村上嚷嚷着要退婚，石坡女她爹听说了，叫人给我捎话说：'他要是不娶我的女，我抄了他的家，连同那小外甥女也收拾了！'石坡队长是造反派起家的！谁能惹得起他呀！

"那天你三妗子一把鼻涕一把泪地哭诉：'姐，你说我一个妇道人家，底下这两个儿子还小，咱要靠这些队长给撑腰活着呢。晓光这么大的小伙了，娶不下个媳妇，对得起你三兄弟吗？'你三妗子号啕大哭，悲伤地说：'晓光要退婚，他不想娶这个女，正月我先给他娶回来，以后合不来了哪怕他离婚也成。'

"梅儿，你三妗子说了后，我是怕你受伤，我们初来乍到，人生地不熟的，别招惹是非。你已长大了要知道自己该做什么，不该做什么。一步走错，百步难回。"

我沉默不语。

我想起去年狗女锁我家门的事，原来是他们想收拾我！

还有那个残疾人，会不会是盯着我的眼线呢？

情　网

过了个新年，好像我长大了，对有些事懂了，但对结婚还是似懂非懂，看到村里人一听说谁家儿子要娶媳妇、谁家要嫁女，都挺高兴的，但不清楚结婚后做什么，结婚的意义是什么。

感觉表哥对结婚很难过，那时我不知道表哥是在爱我。

我在想我犯了什么错呢？

表哥是个什么人呢？

晓光的家在村子是上王村的大宅门，这个四合院是旧社会我姥爷家祖辈们建造的。母亲说："姥爷家在旧社会也是富户，家里的土地从上王村分布到高洛，后来由于打官司和战争，姥爷把地卖了一大半，土改时成分定为上中农。现在晓光是拖拉机司机，在村子也算是风光人物，加上四叔是高官，自然也带来了光环效应，他本人是城乡青年，不土也不洋，他个人实力形象俱佳，风华正茂，和善可亲。他的颜值和家境让他成为许多女方家追求的乘龙快婿。

表哥带给我的是什么呢？

我是天天在想他——

想他的笑，他笑得灿烂无比。

想他的吻，他的亲吻令人心悦。

想他的气息，沁人心脾，舒适宁静。

想他的拥抱，能把我纳入他胸膛。

想他的悄悄话，听不清也听不懂，惹得我咯咯直笑。

表哥是倾心地爱我！

我意惹情牵地依恋他。

想见羞于见，想爱难以爱。

我们演绎了一场现实版的《红楼梦》！

我们误入情网，没有出口！

要退出这张情网，何其之难！

我该怎么办呢？

我该怎样面对表哥呢？

他的爱俘获了我，我没有一丝抵抗力。

我被这张情网所困，不知道该怎样突破！

我要把这张情网变成我的防护网，

以后遇见美男就知道怎样规避了。

2021年1月8日星期五，一个通知把我的思绪拉回到现在：在家再待7天。

"洵美，我们还得在家待7天。"

"啊，7天！"

"是。银都社区的通知。"

"好的。"

"先在家待着，我们现在被隔离是躲避疫情。"

"嗯嗯。"

上午洵美在房间自习。

下午3点，我和洵美在书房聊天。

烧　伤

1972年的正月十八。

我回来两天后的上午，房东嫂叫我："小梅，小梅。"

我走到院子，一个瘦高个的青年站在院子中间，房东嫂说："这是思远。"

"嗯。"

"我来借个东西。"思远腼腆地说。

"他是咱村正队长家的儿子。"房东嫂笑着说。

思远和房东嫂走进她家，他拿了个大筐走了。

"你看思远怎样？这小伙长得白白净净、高高瘦瘦的。"房东嫂笑着说。

"四邻八村的人家都想把女儿送给他家呢。"

我没有言语。

"思远不是队长的亲儿子，他是抱养的，是队长老婆娘家某个亲戚的孩子。"房东嫂笑着说道。

我听着她说话，没有言语。

白天我还是去菜园子干活。春季的活主要是翻地锄地、撒种子、浇水、施肥。

那年春季母亲生病了，她的脖子上长了一个囊肿，每天都在长，开始有杏核那么大，一个月后长得像核桃那么大，母亲对我说："我要去咸阳医院看病，检查一下这是不是肿瘤。"随后母亲就去了咸阳。

我独自在家吃住，有一天晌午饭时，我做油炸素丸子，油热了后，我用筷子夹丸子放锅里，这个丸子炸开了，热油溅到我左手上，我慌忙用右手去抹，把盛丸子料的小盆拨进油锅里了，热油溅在我脸上、脖子上，我左手的中指、无名指和小指的皮被我抹掉了，我的脸颊上起了几个大水泡，大的像鸡蛋那么大、乒乓球那么大、杏仁那么大。

瞬时，我被烫伤了，面目全非。

我去了村里的卫生所，那里有一位50多岁的女医生，她一见我的样子唏嘘说："这么漂亮的女孩，怎么伤成这个样子？"

我不清楚她用什么水给我轻轻地擦了擦，她说："我给你把泡里的水放了，你在家里待着不要出门，以免感染。这可能需要两三个月才能好，希望不要留下疤痕。"我不知道她给我涂了什么药。

我就回家了，下午医生的女儿瑞花来我家里，她说："小梅，我妈说你烫伤了，让我来陪护你。"

"当然好啦。"

瑞花和我年龄差不多，她上完初中后也没有去上高中，也没找到合适的工作，在家待业。

瑞花家离我家不远，他们是东北人，是租的房子住，她的父母在村里卫生所当医生，她妈妈是妇产科医生，帮村里妇女看妇科疾病和接生孩子。

瑞花是瓜子脸，明眸皓齿，很靓丽，身材高挑，亭亭玉立。每天她早早来我家，晚上才回去，她给我做饭，陪我上厕所，帮我解腰带系腰带。她还帮我穿衣服脱衣服。

每天她给我脸上敷药。每天她在家陪我坐着说话。她这一陪护我就是两个月。

那时，二哥听说刘张村有一家人有祖传的烫伤药，需要指甲、香油，二哥就在村里搜集指甲，配好刘张村的祖传烫伤药，每天我就涂抹这种药。

我在家养伤一个月时，外甥女小朋来看我，她一见我就哭着说："瞧瞧。村里人都说把你这美女烧成什么样了，这以后寻不到婆家可咋办呀？"

那时我没感觉到我怎么样了，也没想到我好不了了。

她哭了好一会停下又说："我出了月子就来看你。我知道没人照护你。"

"有瑞花照护我。"

"你们没结婚多好啊！做一日姑娘做一日仙，当一日媳妇搬一日砖！"

"我这5年生了3个儿子，生下老三坐月子没人管了，一天饿得肚子疼。娃饿得哭我也饿得哭。"

"还有老公在东峰山是矿工根本顾不了家，黑天半夜里了回来就往我被窝里钻。这个娃还没断奶呢那个又怀上了。"说着她哭得稀里哗啦的。

"我还想去找瑞花妈带环呢。"

小朋在我这哭了一场走了。

小朋是表姐小敏的三姑娘，她长得很美，脸若银盘，眼似水杏，肤如凝脂，面如白玉。面颊嵌着梨涡笑容，她哭起来也是美丽动人。

表姐会夸她女儿："我小朋生得可惹眼了，长得像桃花骨朵一样！"

小朋是三妗子说媒，十九岁时嫁给上王村一户杨家大儿子。那时能嫁给一个矿工都很荣幸，因为矿工能在外面挣钱。

那是美女嫁矿工！

我在想这结婚后的日子就是这样子吗？

瑞花每天来陪我，两个月很快就过去了，我脸上的烫伤也一天天在好转。瑞花是那样温柔可人，无微不至地照顾我，我没有给她分文报酬。

如果我还能找到她，我会答谢她！

快三个月时，我脸上的皮肤长好了，有一天下午瑞花说："今晚东峰山演电影，我们去看电影吧。"

"可以。"

晚上我和瑞花去看电影，看电影时碰到了一个住在村北边的少年，他在新城中学上高一，我们看完电影一起回家。

第二天早晨，那个少年和瑞花一起来我家，少年说："你的脸怎么成这样了？以后不会影响容貌吧？去年我在后面上高小时，每天晌午饭后，我们男同学都站在教室门外看你走过的情景。"

这两天晌午他回家吃过饭就来我家聊天。

有一天下午后半晌，生产队长来到我家院子，大声喊叫："小梅！小梅！你出来一下！"

我出去了，瑞花和那个少年也跟我出来站在院子里。队长高声说："小梅，这两天你收拾收拾去同善水库。"

"去那干什么？"

"县上组织人去同善参加水利建设，咱队上派你去那干活。"

"我手还没好，干不了活呢。"我伸左手让他看

"昨晚你能去看电影怎么就不能去干活呢？"他大吼大叫。

"你们这些小混混，赶紧离开村子吧！"他用手指着我们，吼叫完转身走了。

"看电影用眼睛，干活得用手。这个队长说话有问题。"那个少年说。

晚上瑞花和少年回家了。我独自在家，房东嫂进来说："小梅，你的脸好多了。"

"嗯嗯。"

"瑞花这段时间一直在陪你？"

"是。"

"听村里人说，瑞花妈是个妇产科医生，在瑞花 13 岁时，她妈妈就给她带上环了。"房东嫂诡异地笑着说。

我沉默不语。

这是无聊的人可恶的诽谤。只要是美女他们就玷污她的名声。

人们却不知——美女天生有主见！

同善水库

一周后，我去了同善镇参加水利建设。

那是 7 月的一天，我自带铺盖去了上王乡镇，镇上安排解放牌大卡车送我们去同善，集中地是在同善一个南北向的大山沟里，沟底是大河滩，有 1000 米宽，中间一条大河，河水清澈见底，两岸的山脉绵延到大后山，山坡山顶的植被郁郁苍苍。

大卡车从河滩颠簸开过，没有公路，车开到我们的宿营地停下。

来这里干活的是从全县各公社抽调的村民，年龄从十五六岁到五十岁左右不等，男的多女的少，二十岁左右的年轻人居多。

我们的驻地是在西边的坡上搭建的两个房子，男、女分开各住一个房子，在地上靠墙两边铺上干草，再铺上自己的铺盖，房间地上两边睡人，一个人挨着一个人。吃饭是在宿舍房子下边搭建一个棚子，有一个灶台、两个做饭的年长师傅。

这里的河水很清，每天早晨大家洗漱都去下面的河里，我的脸和手伤就是用这大山里的天然水洗好的，而且没有留下一点伤痕。

我们的工作是在对面山腰上修水渠，把深山后河水库的水引到县城灌溉土地。就像电影《红旗渠》那样开山修水渠，完成这样的工程需要很多工序，有垒渠修坝的，有运送水泥沙子的，有打钎开洞的，有爆破的，有指挥工程的，工地上来来往往的人很多。

我被分配干打钎的活，我是抓钎的，年轻力壮的男青年抢大锤。干这个活挺危险的，有时稍不小心抢大锤的人砸偏了，就砸在扶钎人的手上或胳膊上，经常有人受伤就回家了。

盛夏炽热的阳光从早到晚照在人身上，干活的人汗流浃背，每天工地上都是叮叮咣咣的响声，尘土飞扬，这里的活是越干越枯燥。我们干得很辛苦。

我们没有劳保用品，也没有冲澡的澡堂。年轻的男子晚上会去河滩用河水冲冲澡，女的一般不会去。而我晚上没出过宿舍的门，一天下来太累了，晚饭后我就回宿舍睡觉了。

这里干活分工是一个公社的人是一个连，一个大队的人是一班，两个人是一组，上王村这个班的工地是在坡地班工地的北面，每次去工地，我要经过坡地班工地，坡地十几个人全是年轻人，班长名叫均益。

我刚来的那天就碰到了均益，他帮我拿行李并送我到宿舍。

每天上工是连长吹哨子，我们在宿舍房子前面排队、点名、报人数后一起出发。不知道咋回事，每次排队均益都站在我右边，他转头在我耳边喊数"7"，会吓我一跳。上工或是下工，均益总会跟在我身边走。

夏季山里的暴雨频发，一片乌云一阵雨。

若碰到下雨，我们就要开会，开会的会场是在我们宿舍，每次开会这个房间就挤满了人，所有人都坐在地铺上，均益会坐在我对面看着我，有时我也会看他一眼。后来每次开会他都是坐我对面，目不转睛地看着我，我好奇地也看着他，有时会相视微笑一下。

均益方圆脸，凤眼长眉，鼻直细高，嘴阔唇薄，一脸喜相，身材中高浑实，他给人以憨厚的感觉，散发着青春气息。

金牛洞

在我们住的宿舍上面的半山腰上，有一个大石洞，人们叫它金牛洞，金牛洞里空间大约有三百平方米。从金牛洞口进去，里面有一大池水，池水边石头上有小牛的脚印，传说是神牛下凡来这里喝水。我觉得这个地方很神奇，不知道这半山腰的池水是从哪里来的，还有石头上小牛的脚印，有深有浅，感觉很神秘。隔三两天我会来金牛洞看一看，撩一撩金牛洞里的水，感觉就不那么枯燥无味了，它能激发我的想象力。我能看见金牛在这里饮水，还看见它转身走出去升天的情境。烈日炎炎时来在这里可以乘凉。

有时均益也会陪我来这里转转，他笑眯眯地跟着我走。"我看你常来金牛洞？"

"嗯。来这里乘乘凉，这里比外面凉快多了。"

"是。那以后我跟你一起来乘凉好吗？"

"可以的。"

我在同善水库那干了一个多月时，县工地领导想活跃一下气氛，组织民工搞一个演出活动，让大家唱唱歌、跳跳舞，能歌善舞的年轻人都踊跃报了名。

那天大队长问我："小梅，你也来唱首歌吧。"

我微笑着摇摇头说："我不会唱歌。"

他笑着说："一看你就是个演员的料，不唱歌都很惹眼。"

"我没有学过唱歌。"我腼腆地说。

"你长得好，你要是再会唱歌，小伙子都倾倒，明个工地开不了工啦。"他开玩笑说。

那次娱乐活动，同宿舍有一个刘张村女子又唱又跳的，大队长让她安排两个节目代表上王公社去演出，她让我给她做伴舞，因为动作简单，我很快就学会了。

开演唱会的那天，我们上台表演了。由于登上了大舞台，看见我的人就多了，之后求婚的小伙子也就更多了。

从那天后我就和刘张村的那个女子说了更多的话，我很羡慕她，知道她今年高中毕业，在新城中学念书。

我就想——能上学读书多好啊，能学会很多本领，就不用在这出苦力了。

回到垣曲这两年，我在上王村干农活，没有书、没有报、没有广播、没有电影，我几乎和文学杂志、书绝缘了，之前学过的那几个字，也快忘光了。整个一个文盲，想想自己的未来好可怕，但我的前面别无他路。

山洪水

第二天我继续到工地干活。

那时没有天气预报，夏天大山里的气候很奇怪，这边晴天那边雨，大暴雨出没不定。

8月的一天，晴空万里，骄阳似火。中午下工了，我们几个人从山上下到河滩，刚走到河滩中央，就听见远方呼隆隆、呼隆隆的声音，还以为是爆破声呢。突然听见山顶上有人大喊："快跑啊，快跑啊！洪水来了，洪水来了！"

我们中间有一个年长的高个子民工，他拉起我的手就跑，我跟着跑，都跑得喘不过气来，好像一口气跑了十几米远，我们刚上岸还没有转过神来，山洪水滚滚而来，洪峰有一人多高。

"好悬啊！"再晚一步，我们就会被洪水卷走。

后来听说，这次洪水真淹没了几个人。

我好幸运啊！

之后的好几天，我都心有余悸。我去找大队长说："我想回家了。"

队长说："工程部规定，要休假，每个人干够三个月可以休3天。要回去不干了，你们队上得派人来替你。"

"嗯嗯。知道了。"

我想，好难啊。生产队长会派人来替我吗？等吧，等到第三个月再说吧。

爆破飞石

9月的一天，晌午下工时，我们刚走到河滩，突然"轰隆"一声巨响，从山上往下落石块，是爆破声，炸得石块满天飞。石块在我们的前后落下，我吓得双臂抱头蹲下，一块拳头大的石块落在我的脚前，我抱头鼠窜。

吓死我啦！我们跑回宿营地，队长说："是昨晚的一个哑炮，今天响了。本来今天他们要拆除，还没来得及拆除，就炸了。"

太危险了。没有谁来保证我们的生命安全。

上王村

在同善水利工程干了三个月，我回家到上王村。

在同善干了三个月，我算是长见识了，我也以美貌而出名，引来了一帮求婚者。回家后的一年里，常有媒人来说媒，坡地西苑、上王刘张、皋落王茅……

年底时，我见了三妗家的二儿子春生，春生在上王大队做文书，他说："小梅，你在外面招惹那么多人。一个月我收到你一二十封信，一年得收多少封信？"

"什么信？"

"除了情书没别的！"

"信呢?"

"我都给你撕了。"

"哦。为什么呢?"

"我怕你学坏!你来我家从来都不看我一眼!"春生怨愤地说。

由于二表哥的无端妒忌,或许还有其他人的拦截,后来我在上王村的几年里,没有收到过他们写的一封信。

1973年正月一天,我在垣曲县城街上转时,碰到了秀红。她家在坡地,去年一起在同善修水库,我们住在同一宿舍。

我们见面很高兴地聊起来,她笑着说:"小梅,你是我们工地男生的梦中情人,你走了后好多人都无心干活了,后来一个个都要回去。尤其是章才,你走了后他在宿舍睡了两天不上工。还问大伙怎样才能把小梅娶回家?有工友告诉他:'你做梦可以娶回家。升官发财也可以。''小梅是人见人爱的靓女,想娶到手要看小伙子的真本事!'队长说:'你先起来去好好干活吧!'"

我惊奇地看着她。

"你别不信。你从我们工地走过时,他们都停下手里的活看你走过。"

"哦!"

"有一次,他们打死了一条蛇,放在你经过的路上,想在你经过时吓得你停下来。那次你没有中计。后来小翠走过时吓哭了。他们哈哈大笑,还说:'小梅怎么就不害怕蛇呢?'"

"那会儿你一天不言语也没有笑脸,'任是无情也动人'。不光小伙子喜欢你,我们女的也喜欢你,每天跟你走在一起觉得很愉快。"

我感激地轻轻拍了一下秀红的肩膀。

那时我感受了"窈窕淑女,君子好逑""一家有女百家求"的经历。

还有村里正队长家的儿子常来找我,有一天他说:"他要去太原上大学了。"

他应该是工农兵大学生,他父亲给他找的名额。

他走的前一天晚上来我家坐了一会,他走时和我握手告别。

那时我没有对谁动心!我想回咸阳,去城市生活。

那年年底,在同善参加水利建设的好多青年去参军当兵了。

均　益

22 年后我又遇见了均益。

那是 1995 年秋，我母亲去世时，我回山西垣曲见到了均益。因为他一直打听我的消息，他找到了二哥。他说他 1972 年初冬离开同善，年底去参军了，在部队时他给我写过几封信，没收到我回信，后来，他回家探亲，来上王村找过我，也没找到。

他说："在同善时，我不敢向你提亲，我家太穷了，父亲去世了，母亲带着我们 9 个兄妹生活，我是老大，那时家里吃饭都是问题，饥一顿饱一顿的。当兵以后我才有了勇气给你写信。"

"哦。你哪一年结的婚？"

"我结婚比较晚，心里总是不确定要不要跟她结婚。"

"你在哪当兵，在部队上做什么？"

"刚去时在天津汽车连，修车开车。"

"挺好的，学一门技术。"

"现在回来干什么？"

"我在县上工商局工作。"

"哦。"我看着他默默无语。

"你回来待几天？到咱垣曲景区看看？"

"垣曲有什么景区？"

"天下第一的历山舜王坪，古城的黄河小浪底，还有你老家的望仙大峡谷。"

"望仙大峡谷？"

"望仙三潭瀑布群，真山真水。"

"哦！在哪呢？"

"在望仙前河那边。"

"舜王坪传说是上古时代舜帝耕作的地方。舜王坪是历山的主峰，海拔2300 多米，是华北最高的亚高山草甸，舜王坪有 5400 余亩草地，绿草如茵。草坪周围崇山峻岭，树木茂盛，有保存完好的 1.2 万亩原始森林。"

"这么好啊！要去看看。"

"明天，我找车过来接你?"

"行。你陪我一起去吗?"

"去。你多少年才回来一次!"

"明天我们先去舜王坪，后天去望仙景区。"

"行。这两天都得劳驾你了。"

"没事。回去我安排一下。"

第二天早晨7点，均益带了一辆越野车，有司机开车，我和二哥还有小侄女一起去舜王坪旅游。

车开了2个半小时到历山脚下，均益说："山的西边就是我们那年参加的同善水利工程，现在同善更名为历山了。"

车开到半山腰停下了，由于前两天下暴雨，山路被塌方石堵了，还没来得及清理路障。我们只能下车步行上山去。

一小时后我们来到了舜王坪。

坪顶宽广平缓的亚高山草甸景观，一览无余，走进草甸，百草野花打在膝盖上，

一种小黄花多而抢眼。

舜王坪从5月开始，各式各样的花草依次生长绽放，花团锦簇，五彩缤纷，姹紫嫣红。据考证，这里有400多种草本植物，其中319种有药用价值。这里也是舜王为防疫种植的百草园。

奇妙的是，花草间有一条细壕沟，寸草不生，将舜王坪截然分为东西两半。这便是传说中舜耕历山留下的犁沟，故称"舜王犁沟"。

在舜王坪北面草坡上，有一排天然石头形成的石墙，高低参差不齐，其中有一个猴形石头十分显眼，当地人称此景为"群猴望月"。

我们顺着草甸向西走，一直走到原始森林边，望着浓荫蔽日、绿树遮天的林海，秋风刮过林海唰唰的响声悦耳动听。

原始森林周围，有刀削斧劈的悬崖、千奇百态的山石、雄奇壮观的瀑布、引人入胜的溶洞，它们有虚有实，有明有暗，巧夺天工。自然景观和美好传说在人间流传千古。还有尧王访贤的望仙村。

围绕舜王坪的景点还有舜王庙、奶泉、观月亭、南天门、鉴心台、情人树、御剑峰、千层饼、沽漯汤坡等，我们都没时间去了。

4小时后我们下山返回。

第三天早晨7点，均益带车来上王村接我，还有二哥和小侄女陪同一起去望仙大峡谷，车开了1小时到望仙村景区停车场停下。

我们开始步行进山，走在去望仙大峡谷的路上，踩着山石看着树，看着那对面山脚下整块巨石和石边的浪花滚滚，有种熟悉的感觉浮现眼前。哦，这是我上学时担柄把走过的路。

在往前上山走百米，就听见了哗哗的流水声。

均益说："景区占地面积640公顷，海拔在1000米以上。

景区内有闻名遐迩的望仙三潭瀑布、烟波浩渺的后河水库、幽深壁立的大河峡谷和芦源河峡谷，还有将军崖、水帘洞、宝剑峰等19处自然景观。"

"此地不仅有尧、舜二帝的美丽传说，而且有奇特优美的仙山神水。悬泉山下淘金河，天设地造了一处瀑布潭群，形成了五公里长的天然石峡。"

我们再往上走就到了三潭瀑布群，对面悬崖石缝中间有一股泉水喷涌而出，洒落的水珠飘在我们身上，我们再往下走，下到山底站在大水潭的对面看山上的瀑布群。

抬眼望去——

高山间罗列着十余个大小不一、深浅有别、形态各异的瀑布渊潭。有的喷珠吐玉，有的飞沫扬雪，有的琼花飞溅，有的声若雷鸣，三步一潭，五步一瀑，瀑连潭、潭连瀑、潭中有潭、瀑下有瀑。雨潭、风潭和龙潭喷雨嘘云，风格迥异，独具一格。两侧是峡谷如切，灌木成林，松柏叠翠，郁郁苍苍。

我站在这里神摇目夺地凝望了很久，思绪万千，流连忘返。这是我的故乡？是我祖先生长的地方，它好似我家的后花园！

这如临仙境、钟灵毓秀的地方，是他人的诗和远方！

5 个小时后，我们出山了。

"明天你什么时候走？"均益问

"明天上午 11 点到侯马火车站。"

"明天我送你到侯马。"

"非常感谢！你带我看这么美的风景，还耽误你两天时间。"

"没事没事。咱们二十年才见一面！"

"以后我会常回来看看老家的美景。也请你有空来石家庄玩。"

"会去的。石家庄有我的战友。"

"石家庄也有好多著名景点，平山西柏坡'新中国从这里走来！'。正定隆兴寺有最美五彩悬塑观音像'东方美神'，有最高大最古老的千手千眼观音。赞皇嶂石岩是被列入世界吉尼斯纪录的最大天然回音壁。井陉的秦皇古驿道，韩信背水一战以少胜多的古战场，震撼人心！你来石家庄，我带你去观光旅游。"

"以后一定去石家庄看看那的名胜古迹。顺便也看看你。"他笑着说。

次日上午，均益开了辆黑色轿车来上王村接我，送我去侯马火车站。在出垣曲的路上，他的车一直放着经典情歌，悠扬婉转的歌声听得我仿佛又回到了年轻时。

我坐在行驶的火车上，回想着垣曲历山的舜王坪、望仙大峡谷的三潭瀑布群：风光旖旎，别有洞天。

这里是故乡——

山有情，水有情，山山水水人有情。

难怪在这里我遇见了那么多情哥哥！

情　敌

1972 年二哥家生了一个女孩，1973 年二哥离婚了，女孩归女方。

那年我回到上王村，每天就跟着村里的妇女下地干活，村里的妇女每天出工的有十一二个，大多是 30 岁左右的青壮年妇女。

春季出牛羊圈担粪，夏季收割麦、扬场、翻土地，秋季收玉米谷子、播种小麦，冬季搞农田基本建设、垒田堤坝修桥补路。

这样风吹日晒霜打雨淋，在村里干繁重的农活，没有一天休息日，还要经受心理折磨。

二哥的前妻，她闹的离婚却怀恨在心，每天在地里见我就叫骂："你这个短命罗成！你他妈的不得好死！……"

还有表哥的媳妇，一脸妒忌恨，她见我从来不打招呼不说话，醋海翻波，时不时地指桑骂槐和村里的三两个媳妇嘀嘀咕咕说我的坏话。

在这生产队劳动，环境好压抑，我讨厌这样的气氛，不想和这些妇女在一起干活。我就去牵马犁地播种了。

夏夜打麦场

端午节前后是麦收时，那时人们用镰刀收割小麦，夏收是龙口夺食，夏忙结束需要一个月左右，天天披星戴月很是劳累。晚上要去场里碾麦扬场，把麦粒分离出来。每晚生产队长会分社员去不同的麦场里干活，一天晚上我被分到离村子比较远的西河滩场干活，这是个临时打麦场，我去那干什么活呢？是用杈翻场，就是等石碾把麦穗碾上几圈后，翻一翻麦秸秆，再碾下面的麦穗，活干到一半时，工头会让大家休息一会。

今晚来这里干活的年轻女子就我一个人。由于最近麦收太累了，休息时，我坐在麦垛后面睡着了，后半场的活我也没干，也没人注意我没起来干活。等我一觉醒来，麦场里没一个人了，场里的大灯泡也灭了。我一看四周荒郊野外，西面的坡上还埋有几冢老坟，一弯月牙已挂西天，天上繁星点点，吓得我起来就跑。我不知道是怎样过的河，怎样跑出河滩，怎样跑过黄土崖下……跑回家我气喘吁吁、惊魂未定！

那夜我像飞一样地跑回家，如果参加田径赛，我会得冠军的！

那时夜晚农村的郊外，传说有鬼魂，还有野兽财狼，还有心怀鬼胎的坏人。

幸运的是这些我都没碰上！

西峰山

1973年9月，生产队长又派我去西峰山修水利工程。这也是垣曲县修建的水利工程，民工是从各公社各大队派来的，大多是20岁至30岁的年轻人，也是男的多女的少。

我们住在西峰山村的民宅里，村民谁家有多余的房间，就安排几个人住，我们3个女子住在一户人家里，房东的儿子跟我们一样去工地打工。

干的活和在同善修水利工程一样，开山修水渠，打石眼爆破。

我在这里干了4个月，到年底回去。

房东的儿子和平，每天和我们一起上工下工，帮我拿工具，每天下工时他会问我："今天干活累不累？"

"可以。"

上工下工时他像护卫一样默默地跟着我走。

11月的一天黄昏后，天色已黑，和平叫我："小梅，出来一下，我找你有点事。"

我跟他出去了，他领我走到村外的河滩边，走到很大的一块石头上，他坐下来说："你也坐下吧。"

我在离他有一米远的地方坐下，接着他挪过来挨着我坐，他的右手搭在我的肩上，我警觉地站了起来，他也站起来拉着我的手说："你别怕！我第一眼看见你就喜欢你，你能跟我吗？"

我没有言语。

"我是独子，我家在村子里是比较富裕的，我爸在县上的单位工作。以后我也要去县上工作的。"

"我想了三个月了，今天才敢给你说。"

"嗯嗯。"我不知所措地嗯着说："我先回去了。"

说着我就往回走，他也跟着我走。

我回到了住处，那两个舍友笑着问："你看怎么样？"

我笑而不答。

"和平早就看上你啦，我们都看出来了。"她们笑着说。

"和平妈说，媒人给他提了好多亲，他都不愿意。"

"好儿不愁找媳妇。"

"好女也不愁嫁。"

"你看我们住这一天多少人来转着看你！"

她俩笑着说。

每天午餐和晚餐后，有不少男青年来我们住的院子转着、逗留着。我没有在意过这些人。

金　水

腊月的一个晚上，金水来上王村我家找我，他是我在西峰山修水利时认识的，他已经来过我家好几次了，来了就是坐一会问候问候。他不像是农村人家的孩子，他的穿戴是城市风格。不知道他是从哪里回来的。

金水是时尚型男，他肤色白皙，眉目舒朗，高鼻润唇，身高1米8多。说话声音像带有磁性似的，好听。

那晚他来我家叫我跟他出去一下，我跟他出去了，我们向村东走，走到村东边的河滩上，河水已结实了冰。忽然他转身搂抱住我说："你跟我好，行吗？"

我在慌乱中推他说："这是上王村。"

"我知道，来过好多次了，为见到你！"他的个子高，把我搂得很紧，我推他不动。

"你放开我说话。"

"你答应跟我好我就放开你。"他笑着说。

我没有言语，我不理解怎样算是跟他好。

"你离我太近我听不清你说话。"我推着他说。

他搂着我肩边走边说："过了年家里要给我办婚事，我是想和我爱的人结婚！你能嫁给我吗？"

我没有言语。

"来西峰山干活最大的收获就是遇见了你。知道每天我在哪等着看你吗？"

"不知道。"我摇头说。

"在去工地的那段最陡的坡路上，上工时我在坡顶，下工时我在坡下。"

"嗯。"

"知道为什么我在那等你吗？上坡时你会抬头走，下坡时你会低头走。每次看着你向我走来，你就走进了我的心里。"

"哦！"他像爱情设计师，我好奇地看着他微微一笑。

"你笑靥如花让人心神荡漾。今夜你陪我好吗？"

"数九寒天，我们在这待久了会冻伤的。"我说。

"你跟我去我家吧。"他笑着说。

我摇摇头。

"从看见你的那天起，我就喜欢你，心心念念，是谁家的这么漂亮的女儿呢？想着若能把你娶到手，抱得美人归就不枉此生！"

说着他又拥抱我，亲了一下我的额头。须臾我用手捂住了我的嘴唇。

金水天生俊美，是很多女孩的追随者，听说他的未婚妻也是十里八乡的美女。

不知道他为什么喜欢我！他精神饱满，坦诚相见，他会是一个好丈夫。

只是那时感觉嫁人这件事离我还很遥远……

母亲脚扭伤

1974年春，我们家在上王村盖房子了。这两年母亲一直在给上王村队长申请房基地，去年总算批下来了，是在村东边比较偏的一个宅地。

母亲说："给我们家盖一个房子，再给你二哥娶个媳妇。"

母亲去咸阳与大姐、二姐商量，让她们出点钱。然后她找人把鹅沟的房子拆了，把旧木料搬下来盖房子。那年春，她自己往鹅沟跑了好几趟，母亲是小脚女人，每次去鹅沟上山走45里透迤山路是很辛苦的，最后一次她下山时扭伤了脚，她一拐一瘸地坚持走了回来，她的脚踝肿了一个大包。我都不知母亲是怎么忍着疼痛走回来的。回来后，她没有休息，也没有去医院看伤势，她拄了个拐杖，一拐一瘸地每天去盖房子的工地，她还要给盖房子的工匠和帮忙的人做饭。

那时请村里人帮忙拉土打墙，只是给他们吃顿饭就行，他们不要工钱。

那时我家租了一个房子作厨房专给雇工做饭，每天母亲都在厨房待着。

母亲整天都在做饭，我就打下手。

母亲很有毅力。她忍痛坚持每天做饭，有伤痛也不去医院看看。那年代人们不兴去医院，什么病都是自己扛着，一般待几天自己就好了。

那时有一个邻村的大婶也来帮忙，她对母亲说："我儿子前年在同善水库见过你家小梅，心里很是喜欢，让我托人来说媒。我看还是我自己来问问吧。"

她说她儿子大高个子、相貌堂堂，现在开车，和他父亲在后沟山上给十二冶建拉送矿石。这个邻村大婶陆陆续续来我家帮忙了一两周。

暴雨抢救房

我家这个新房子盖了大半年，到年底才盖好。

主要是因为二哥不愿意请人来帮忙干活，室内的批墙腻子、棚顶棚什么的都是他自己干，且一直让我给他打下手。每天从地里下工后，晚上我跟他在新房子干活干到半夜。

8 月下旬有一天下午，天下大暴雨，房顶上瓦只铺了房脊前半边，房脊后半边还没铺，二哥听村子有人说："你的房子后边要放一些砖瓦压住，以免下雨前面太重，房子向前倾扑倒了。"

二哥就很焦急地喊我："小梅，快点！到新房子去搬砖瓦，压房顶，上瓦房顶一边重要倾斜歪倒了。"

天下着倾盆大雨，我不停地往返雨中搬砖瓦，浑身湿透、体力不支，进房间还要把砖瓦给他递上高梯子，让他摆放在房顶上。"哥，能找两个小伙子来帮忙吗？"

"这又没多少活，叫人家来帮忙干啥！"他训斥着说。

"不是要和大雨抢时间吗？叫晓光来干行吗？"

"要去你去！"他怒吼着，好像我提晓光很丢人似的。

再紧急的事二哥都不求人帮助，他就知道凶我吼我，粗暴地督促我干活，他把我当男劳力使唤。

我们一直干到后半夜，那天我累得腰都直不起来了。

忍　辱

上王村新房盖好后，第二年春我们家就搬进来住。新院子前面还有一家人的院子，这家人是母女俩，母亲60来岁，女儿30多岁，她们母女体格粗壮，面有愠色，说话大嗓门。

她们家的房子也是新盖好的，她家房子后墙紧挨着我家院子前边线，房子盖好后，她们家要打院墙，挖后院墙基地的地方向我家院子延伸了1米。

母亲认为她们这样做多占了我家院子，就跟她们谈这样打院墙不合理，对方声色俱厉地吵闹不休。母亲便去找村委会主管人员来协调，主管人员来了让她们把院墙做得跟她家房子后墙一样齐。

结果惹了她们娘俩，她们经常站在她家房头对着我家破口大骂。

尤其是那个老妇人，碰到母亲就指着乱骂。这种蛮横无理持续了几个月。

母亲忍气吞声地说："远亲不如近邻。遇到这样的邻居可怎么办呢？什么时候是个头？"

夏季麦收时的一天上午，我走在院外的路上碰见那个老妇人，她对我怒目而视，我对她说："以后你再骂我妈小心点！"说罢我走了。

一周后的一天晌午饭时，我割麦下工回来，走出村胡同刚到我家院外的马路上，房前那家彪悍女子向我冲过来猛撞猛推我，我猝不及防被撞得向后退了几步倒在地上，我右手还攥着镰刀。随即她就跪压在我腿上撕扯我的衣服，她手疾眼快地撕我的裤子，把我的裤子从裤脚口一把就撕到膝盖上。她疯狂的举动，吓得我惊慌失措。

她愤怒地喊叫："就是不小心！就是不小心！"

我才意识到她是在替她老娘"报仇"，我扔掉镰刀奋力阻挡并站起来。

她爬起来转身就跑了。

霎时我衣不遮体，我的胸襟扣子被揪掉了两颗，右裤腿被撕成两片。

我去了生产队长家申诉冤屈："我被房前那个女汉子打成流浪女了！她凶暴地冲过来撞倒我，撕烂我的衣服裤子。我平白无故地挨打，请队长主持公道。"

队长吃着饭说："现在麦收忙得跟什么似的，过几天再说！"

离开队长家，一连多日我心里愤懑不已。计日以俟地盼望麦收结束。

这个泼妇存心不善，她不怀好意欲让我在光天化日下裸露于街头。

等过了 20 多天，麦收结束了，我去找队长："那天她暴力殴打我之事，请队长评评理。"

"都过了这么长时间，算了吧。"队长不以为然地说。

我无语了。朗朗乾坤，竟有人可以横行无忌。

人微言轻，理当自尔。

不过从这次暴力袭击事件之后，那家娘俩没有再骂过我妈！

打农药

在上王村，我继续忙着，春播、夏忙、秋收、冬保田；干着一年四季面朝黄土背朝天，风吹雨打都不怕的农活。

我羡慕那些读高中回来的年轻人，我喜欢和他们在一起干活，有一个年轻人是团支书，他搞了一个团员打药组，由四五个小青年组成，专给棉花打农药，他们休息时高兴地唱着歌，吸引人们关注。我找到那个团支书说："我也想参加你们打药组。"

他说："行。你写个入团申请书，我让你做预备团员，就可以来啦。"

一听他说让我入团，我喜出望外，当天我就写了入团申请书。

我问："什么时候我去打药组？"

他说："现在没有喷雾器，等有人休息时再叫你。"

三天后，有一个人休息了，他叫我去打农药。当时我很高兴，背上喷雾器，左手打气，右手拿喷雾杆头，顺着棉花地垄边走边左右打药。一晌干下来，农药从我的右侧腰间流到裤脚口。由于天热裤子也就一会吹干了，那时人们打农药不戴口罩，我也不知道这是喷雾器坏了在漏药。

这样一干就是一周，棉花地这一遍药打完了，在交回喷雾器时，我说："为什么这个喷雾器的药会流到我身上呢？"

那个保管员说："喷杆和筒的接头坏了。"

这一周我算是拼命干了。被农药浇灌过了，以后虫子是不敢咬我了。

那入团呢，到了年底，大队有一批新团员宣誓入团，没有我。团支书安慰我说："你等下一批吧，你再写一次入团申请书，表示你很坚决。"

我又写了一次入团申请书交给团支书，他给了我一本共青团团员章程说："你先做一个预备团员，按团员章程要求自己，下次争取入团。"

到了第二年春末，大队又有一批新团员宣誓入团，还是没有我。团支书又安慰我说："你的申请已经批了，组织上正在审查。"

后来我就不指望了。

暴雨中送马

1975年夏季暴雨天气比较多，夏末的一天后晌，我跟一个年长的村民在西岭上牵马犁山坡地，突然乌云遮天，"暴雨逐惊雷。"一场狂风暴雨就要来了，所有犁地的人都收工，跑向山坡下的一间空房子躲雨，和我搭档的这个老村民是个副队长，他卸了犁和我一起下坡，这时大点大点密集的雨点往下落，衣服已经淋湿了，我们走到空房子跟前，他对我说："你把头谷（马）送回去吧。"

"风如拔山怒，雨如决河倾。"

我就牵着两匹马往回走，雨越下越大，我都有些看不清路了，西岭上到村子有一条大河滩，这时河里的水也高涨了，我牵着马过河，河水已经淹没马腿膝盖了，河水哗哗地在打浪，水浪冲击力也大，我的一只鞋被水冲走了，我停住捞鞋，那两匹马也停住。我牵着马过了河。

暴雨中我牵着马走到村南黄土崖下泥泞的路上，突然传来一声闷响，回头一看，在我刚走过的一米来处有一方黄土坍塌了，掩埋了小路，泥水溅到了马背上。哦！我好幸运啊！

我牵着马在暴风雨中、在泥泞的路上蹒跚前行！

等我走回马棚时，那个饲养员有些结巴且愤慨地说："看把你淋……淋成什么样了！这么大……大的雨，不会躲……躲一躲？"

"我得把马送回来，我怕把马淋坏了。"我说。

"马不怕淋雨。"他说。

大雨一直下，我从崖底下饲养室走回家。那天古城表姐小敏在我家，我一进门表姐就哭着说："看把你淋成落汤鸡了，哪有人畜不分的啊！他能让他家小女冒着倾盆大雨走吗？"

当时我被淋成什么样？我像是从水里捞出来似的，我的囧像我看不见，因为那时家里没有镜子。

现在想起来，那两匹马对我真是有情义，我走它们走，我停它们停。

"此马非凡马，房星本是星。"

大哥一家人

1976 年秋，大哥带着他一家四口从宁夏吴忠回垣曲探亲，大儿子 4 岁，小儿子 2 个月，还有大嫂。母亲见到这两个孙子非常高兴，从早到晚乐不可支。他们刚来的那天晚上，母亲做了几个菜，大哥喝了几盅酒，饭后他就吐了，大嫂张口就抱怨："没酒量你还喝那么多，到哪都丢人现眼的！……"

大嫂是咸阳北塬上的农村女子，她和大哥结婚后，大哥把她带到宁夏吴忠转为城市户口，我是第一次见她，她个子不高，约 1 米 6，身材粗壮，肩宽臀窄肚子大，走路曳足而行，脸大脖子短，肤白脸圆，高鼻大眼，嘴形稍鼓，长相普通。但她认为自己长得惹人疼！而大哥是美男子，面如冠玉，文质彬彬。

三天后大哥说："我先走，这次回来是调工作到陕西华县金堆城钼业公司，我先去办理调工作之事，安置好了再回来接孩子们。"

大哥走的那天晚上，大嫂和大哥不知道为什么在争吵。

第二天早上，大哥闷闷不乐地走了。

母亲一天到晚忙着做饭、抱小孙子，我也抱小侄子，还给他们娘仨洗衣物，教大侄子识字、写字。大嫂吃了饭什么都不干，对两个儿子也不冷不热，还经常数落大哥在宁夏吴忠怎么怎么……

那时我们都忙着伺候他们娘仨，争着抱孩子，没有注意大嫂的心理变化。还想着她嫁给大哥改变了命运：把她农村户口转为城市户口，又找了份工作。

大哥才貌双全，现在又有两个帅儿子，她应觉得她是很幸运的人。

两个月过去了，大哥来接她们走。走时大嫂对我说："小梅，我这把梳子送给你，这两个月你为我干了很多活。"

这是一把铝合金材质、带柄的小梳子，我挺喜欢的。

两小侄失母爱

1977 年秋天，我和母亲去咸阳，才知道大哥和大嫂离婚了，两个儿子归大哥抚养。

原因是大嫂不愿意去华县金堆城矿区，她要在咸阳工作，她不要两个儿子，但是她要了法院街大姐住的房子。

母亲一听大哥这情况就悲伤得泪流满面。

来咸阳这几天我碰到了前大嫂，她见我说："小梅，你把我给你的梳子还给我，这个梳子是那年我在北京买的，我要留下做个纪念。"

我没有言语，便将她送我的那把铝合金小梳子还给了她。

母爱是女人的天性，这个女人压根就没有母爱，这种女人值得同情吗？

从此我没有再见过这个女人！

随即，我和母亲去了华县金堆城大哥家，母亲一进大哥家门就悲从中来，怆然涕下。小侄子一岁零两个月了，还躺着不会站立。大哥上班后，大侄子送幼儿园，小侄子在家放床上没人管。

大哥的家是矿区平房的一间直筒房，一张大床，一个学校教室桌椅，一个小方餐桌，几个小板凳，一个棕榈箱。大哥贫困潦倒，别无长物。

母亲看见大哥的家境不由得心酸落泪。

"我跟她离了婚心里很舒坦。"大哥愉快地对我说。

两天后，我和母亲带小侄子回垣曲了，在老家母亲才教孩子吃饭、站立、走路。小侄子在老家待了 5 年，到 6 岁该上小学时，我送他到华县金堆城上学。

小 婉

1977 年 10 月，教育部下发的《关于 1977 年高等学校招生工作的意见》规定：废除推荐制度，采取自愿报名、统一考试、择优录取的办法。事急从权，1977 年的高考就放在了冬季。

70 年代那些年，我在农村信息闭塞，没有书籍、没有报纸、没有广播、没有电视，对于国家政策、社会规则、人生方向都不知道，一个人就像动物一样活着。

我一直想上学，却没有机会，没人提供信息。

到了1977年后半年，听说可以通过考试上学了，我就想去考一个学校，出去当工人。

1977年恢复高考了，我到县教育局报了一个技校。但那是需要考试的，他们工作人员给我发了一份复习资料，说了考试时间。我看了看那个复习资料，除了语文能看懂一点外，其他的数学、物理、化学什么也看不懂。

我这么多年没有上过学了，考试得答题，得去上学学习，我去哪能学习呢？

我妈说："你堂姐小婉在闻喜教书，看能不能找她教教你？"我想这是个好办法，就和母亲去找我三伯姆，前几年三伯父已经去世了。

三伯母住在石坡队西边的窑洞里。

小婉是我三伯父的女儿，三伯父去世后，每年过年她回来看望她的母亲。

我和母亲去石坡队到了三伯姆家，母亲对三伯姆说："小梅想考学，找她小婉姐教教她念书，行吗。"

母亲和三伯姆坐在炕沿上，三伯姆说："提起小婉的婚事就能气死人。小婉从小过继给她姨姨养，她姨姨在前夫病故后改嫁了，就把小婉带到这个家庭。后来小婉考上临汾师范学院，毕业后嫁给了现在这个女婿。这个女婿是谁呢？是她姨姨嫁的这个老头的大儿子，相当于她娘俩嫁给了人家父子俩。这个还不说，当时这个女婿有家室，有老婆有儿子，还是两儿子，他那大儿子都16岁了。人家媳妇娘仨就在他家住着，到现在还在他家住着。咱拿着黄花闺女难道就找不到人啦？当时我心急如焚几次找小婉说她劝她，一是这个男的比你大十几岁，你跟他算兄妹关系；二是人家有老婆有儿子，将来那两个儿子还要你抚养，经济负担重；三是拆散人家的婚姻名声不好。这么复杂的家庭关系你是很难处理妥当的。我能想到的都给她说了，我推心置腹地再三说劝，没用！"说着三伯母潸然泪下。

我听着在想，小婉姐是找到真爱了，这个男人能抛妻弃子地爱小婉姐，小婉姐能不顾一切地嫁给他。他们的婚姻可谓自由恋爱，爱情神话中的典范！

三伯姆给了我小婉姐家的地址，三伯姆说："你去找小婉，她是老师，她会教你的。"

临考试前的一个月，我去找生产队长请假："我要请一个月假，想去上学复习，参加考试。"

生产队长说："不准。"

我只能继续下地干活了。

后来我又找了他几次，他不搭理我。我再找他说时他瞪着我说："不行，就是不行，你要离开得村委会开会研究决定。"

离考试还有 3 周时，我自己走了。

我到了闻喜找到了小婉堂姐家，她家离闻喜县城还很远，在一个矿区，她在一个职工子弟学校当老师。小婉姐接待了我，小婉姐长得清秀文弱，她待我很亲切，她们一家四口人，有一个儿子五六岁，有一个女儿三四岁，这两个孩子正上幼儿园。

她家住的是一个两室一厨一卫的小单元房，进门是一个小走廊，左手边是一个小房间，更里面是个大点的房间，进门右手边是卫生间，更里面是厨房。

表姐一家四口住里面的大房间，我临时住小房间，这个房间有一张单人床、一张书桌、一把椅子。

刚去的一周，每天晚上小婉姐教我数学、物理、化学，白天我自己复习、做题。白天我帮她家做家务——洗衣、做饭、收拾屋子，其他时间自习。那时学习对我来说很困难，毕竟 7 年没读过书了，数理化又没有一点基础。一周过去了，我的学习只是个眼熟，看着书知道，离开书就什么都不知道了。

在农村这几年，感觉我的大脑被荒废了。

一周后，小婉姐给我介绍了一个她家对门邻居的女儿，她年龄跟我差不多，也是想参加这次考试。有时白天我们俩会在一起说说怎么做题。

第二周的一天晚上，小婉姐说："让你姐夫给你讲课吧，我陪陪孩子们。"

从那晚开始这个姐夫给我讲课，这个姐夫有 50 岁左右，标准的北方男子长相，他说话和气、面带笑容，即使是我题做错了，他也是耐心地给我讲为什么不对。

有时候下午他下班回来得早，他说："小梅，我来看看你的作业，下周你要回去考试了，得加紧复习。"

晚上有时他给我讲课，陪我做作业到晚上 10 点，他眼神直勾勾地看着我。

小婉姐会在那个房间叫他："该休息了，她一下学不了这么多。"

有一天下午，他也是早下班回来，他进我房间站着，微笑着给我讲《红楼梦》里姐夫和小姨子的故事。他色眯眯地盯着我笑着说："晚上睡觉你还插着门啊！"

随即他的手搭在我腰间，我不由得后退了几步闪开了他。

我冷若冰霜，沉默不语。

后来的一天下午，我去了对门邻居家，跟那个女生聊了会习题，随后我开门进小婉姐家，我转身刚关上门，姐夫突然从身后抱住了我，我吃了一惊。他笑嘻嘻地说："吓着你了吧！今天我回来早了。"

"你想干什么？"

"我想吃了你！"他贴着我耳后说，说得人肉麻。

我愕然无语。

情急中我马上打开房门，落荒而逃。我跑出了院子，在大院外转着等着，等到小婉姐下班回来才跟她一起进门。

堂姐夫这个拈花惹草的好色之徒！我为小婉姐感到不值！小婉姐的爱情神话破灭了！

考试时间快到了。我不想再见到这个堂姐夫！我不理不睬地击碎了他的非分之想。

第二天早晨，我对小婉姐说："姐，今天我要回去了，在你家待这么多天感谢你教我学习，感谢对我的照顾。"

"不客气，我们是姊妹。你感觉复习得怎样？"

"看着书知道，离开书就不知道了。"

"是。学的时间太短，三年的书籍，两周怎么能学完呢。"

"嗯。以后我再继续学吧。"

"明天你再走吧，我给你画出一些重点习题，考试前就看这些题。"

"好的。"

次日清晨，我离开了闻喜回垣曲。

此后我没有见过小婉姐。

考试失败

回到上王村两天我没有出门，第二天黄昏，生产队长站在我家院子里喊叫："小梅，小梅，今黑了你到大队开会去。"

我应道："噢。"

我还在想，为什么要去大队开会呢？

上王村的大队部在上王村，离我家不远，大队支书是一个50多岁的老头，他家属于上王村，离我家隔着4户人家，有时候在村里碰见他了，就和他打个招呼，我认为他还是比较和蔼友善的。

那天晚上天麻麻黑，生产队长在大路上喊叫："小梅，小梅！"随后他走进院子喊叫："小梅，小梅！你出来！"

我从屋里出来站在门口，他大声说："走，去大队开会啦！"

"开什么会呢？今晚我不去开会行吗？明天我要参加考试呢！"我恳求道。

"不行。今晚你必须去。是大队叫你开会呢！"他正颜厉色地高声叫喊。

我随后转身回屋里去了，他走近房屋门怒吼："今晚你必须去，是大队叫你来开会！"

我不知道大队叫我开什么会。我拿了一本复习资料去了，我走进大队部，院子走道三三五五的人往里走着，我进了大队部会议室，里面周边坐满了人，参会的人说着笑着，会议室中间有一个大方桌子，旁边坐着三四个人，有大队支书，方桌上面用一根长棍子挑起一个大灯泡照明，桌子上还有一个话筒。我看了一下，参会人员有上王村的、石坡队的和周边村的人，还有我不认识的好多人。我走进会场时，大队支书对我说："小梅，来坐这。"他指着方桌他对面的位置，我就走过去坐下来，这个位置的灯光还挺亮的，我把复习资料放桌上看，因为明天就是考试时间。

没多久，会议开始了，大队支书义正词严地高声说："今黑了，上王大队开个大队会议，主要是针对上王村倪小梅离开生产队一个月，这种行为破坏了'农业学大寨'。倪小梅，鹅沟人现迁住上王村。各生产队要对她这种行为进行批斗教育，下不为例……"

首先是上王村的生产队长发言，之后是石坡上、崖底等，各队的政治队长、生产队长、青年突击队队长、妇女队长们发了言，最后大队支书义愤填膺地发表总结。那天晚上的大队会议，主题是我破坏了"农业学大寨"。那场群情激昂的大会开到了后半夜。

散会了，人们纷纷离开会场。

我几乎是最后一个离开会场。

在大队会议室外的墙角处，我看见了上王村正队长窃喜的面孔和两三个人在交头接耳地嘀咕着什么。今晚上王村正队长没有发言，他应是始作俑者。

那天晚上的高音喇叭喊叫得东峰山十二冶建公司、坡地、清源大队都听见了，还有邻村周边村子村民都能听到。

那晚我孑然一身，踽踽独行，离开会场走出大队院子时，看见月亮西斜了，应该是近三更天了。

我回到家，家门开着，母亲坐在门槛上老泪横流，她泣不成声地说："老×你这个活贼！我小梅以后还咋寻婆家呢？"

那天半夜我回家躺在炕上辗转反侧，就没怎么睡觉。上午9点的考试在新城学校，我怕他们堵住我不让我出村，凌晨4点我起来偷偷跑出村去县城，我到了新城学校大门还没开。我又冷又饿一直等到9点考试开始，我的脑子好像一片空白没有反应，感觉精神恍惚意识不清醒，头晕乏力，我没有答题，等考试时间到了，我交了白卷出去了。那次考试，我一败涂地。

这次我受到大队干部群起而攻之，怏怏不乐、情绪低落。这个上王村不愿意让人上学读书求上进吗？这个上王村是我的劳改场吗？我可以自由地走而不能随便离开吗？

那天回家后晚上我发高烧，或许已烧到39、40度了，那时人病了不兴看病吃药。我昏昏沉沉在家躺了三天三夜。

我迷迷糊糊地掉进一个万丈深渊，黑暗得伸手不见五指，我失控地往下坠落，速度越来越快，感觉快到地狱之门了。忽然一股强劲的气流撑住了我下落，听见微弱的心声说："我要上去，我要上去！"气流的动力像懂我似的，托住我向上盘旋，当我看见光线时知道离地面近了。我一跃而起连翻了两个跟头跳了出去。

只见万里晴空下的深山旷野浓郁葱茏，北面是高山密林停僮葱翠，南面是大海波澜壮阔、水天一色，海岸边有一条宽广的大路通向远方。我朝那条大路飞奔！

突然我醒了，原来是个梦啊！

我躺在炕上，冬日的阳光透过窗棂照在我身上。庭院鸦雀无声。

一梦醒来恍如隔世，这场遭遇像前世发生的事情，已经离我远去了！

劳工派遣

马上年底了，生产队长把我派去搞县上的农田基本建设，我在那干到了第二年春季。

和我同宿舍的有一个刘张村来的小娴，她温和而贤淑，她一直陪着我，我们一起上工下工，一起吃饭……那时有小娴陪伴感觉挺温馨的。

大灶的厨师是壮年男子，他和小娴是一个村的，每次去打饭，厨师都会给我们多打一点，若做了好吃的，厨师还会给我们多留一点，他说我："小梅你很瘦，多吃点，一天这么重的活怎么能干得了呢？你们队上是谁派你来干这么重的活？"

我从来都没注意过我吃什么，好像我是凭仙气长大的！

我们每天在工地干的活是拉土填河滩造地。把山上的土用手推车拉到河滩倒下，手推车架放在车轮轴上，车子推到山上装土，而去河滩的路有两条，是铺出来的高坡路，一条下坡路是装土实车走，一条上坡路是空车上，一人一辆车自己推自己的，男女工干一样的活。实车下坡时，要拽着车子走，要不然下坡太快容易翻车，每天都有翻车摔伤的人。有一次我也翻车了，幸亏翻车时我快速松手，车架子翻下去了，我顺着车轮转了一圈，人没掉下去。因为那路的侧高也有三四米，两边全是石头垒起来的，下边地面是沙石滩。车架子掉下去就摔坏了，人若摔下去会摔得头破血流。

空车返回时走另一条路，向上走要用力推。除了吃饭睡觉，每天我们都干这样的活。

春日阳光灿烂，人们的脸和手都被晒得黝黑。尤其我们民工的脸上身上，一层尘土一层汗，双手干裂长满茧。那时我们一天都不喝水，大多数人的嘴唇都干着一层皮。

小娴说："小梅，你真白，晒不黑。"

我微笑不语。

那是阳光偏护着我呢!

捎来礼物

1977年腊月初，有人传话叫我回家一趟。我回去后的第二天上午，有一位军人来我家找我，他说他家在附近邻村，他是从新疆回来探亲的，有个战友叫浩然的，让他给我带回来一条丝巾，他把丝巾给了我，我打开看了一下是一条黄色方丝巾。他说浩然说是在同善水库认识的我，而我不大记得浩然是哪一个。我留下了丝巾，我在想浩然是谁呢!不过我挺感动的，在我认识的这么多人里，只有他送给了我一个礼物。礼物我没有退回，也没有给他回信挺失礼的，后来也没有见过他。

第二天，哪位军人又来我家对我说："浩然很豪爽，但他脾气暴躁，还和战友打架。"

我在想，这部队上也能打架吗?

第三天上午，那位军人又来我家，他说他路过我家进来看看，对给我说："明年我就退役了，会分配到县政府部门工作，明年回来，我家准备让我结婚，再次结婚我心里没谱，得慎重些。"

停顿了一会，他笑着问："你认为我怎么样?"

"哦。"我看着他不知道怎么回答。

"我的军衔是少尉。"他微笑着说

"嗯。"

"以后你可以去新疆看看。"

"嗯嗯。"

"新疆的天山天池是一个非常美的风景区，它以完整的垂直自然景观带和雪山冰川、高山湖泊为主要特征，湖滨云杉环绕，雪峰辉映，碧水似镜，风光如画。天池古称'瑶池'。天山天池很美哦!以后你想去新疆时，我做向导，新疆有好多天然景区，非常壮观。天山天池、那拉提草原、赛里木湖等，在新疆能看到的全是风景，美极了！"

"大美新疆！令人向往！"

他在我家坐了会走了，我也没听懂他的言外之意。

二哥再婚

1978 年正月，家里忙着给二哥办婚事。腊月里我和母亲又给二哥缝新婚被褥，购置年货准备办酒席，一天忙到晚。看着二哥却焦眉愁眼，他对我说过："不想和这个女的结婚。"

那时的我就像听天书只是听听而已。正月娶亲的那天晚上，村里的小伙子们来闹洞房，说新郎不知道去哪啦！

他似乎是想躲开闹洞房的人，让自己冷静思考一下怎样接受现实吧。

二哥的一生确实没感受到婚姻给他带来的快乐！

看来男人身边的这个女人能影响男人的成就感和幸福感。

我不明白一个人，尤其一个男人，为什么要和不称心的人结婚呢？

幼儿老师

1978 年过年时我去三伯父家拜年，盘生哥是三伯父的儿子，他很早前就考上了山西大学，那年他高考的成绩是县上第一名，他现在在外地教学。盘生哥说："王茅有一个倪家老姑的孙子，现在在县教育局当副局长，叫王化隆，你去找一下他，看他能不能先让你去新城中学参加高考复习。"

我去县教育局找了王化隆，他戴着一副眼镜，文质彬彬，我向他说了来意。他微笑着说："咱们县教育局计划在后半年组织补习班呢。你先去县幼儿园当个助教怎么样？"

"行啊。"我愉快地说。

一周后我到县幼儿园当助教，助教干什么呢？幼儿上完课后，我看着孩子们活动、吃饭、睡觉，在那干了大半年，一个月工资 15 块钱。

1978 年 12 月，我去新城中学上补习班。开始了我的高考复习。

金 钱

年少时我对钱没什么概念，不知道钱在人们眼里是那么重要！

我在上王村劳动了 8 年，没有见过一毛钱。1978 年初夏我去县城幼儿园做幼教，一个月工资 15 块钱。每个月月初发工资时，二哥会去幼儿园找我要走 10 块钱。他说："家里需要钱。"那大半年我也就自然地每月交给二哥 10 块钱。

深秋时，做幼教的同事买了一件浅蓝色上衣，我看她穿着很好看。她说："这件衣服的颜色和面料都好，你也去买一件吧。"到月初开工资那天我就去街道商店买了一件，这是我第一次自己挣钱给自己买了一件新衣服。穿上这件新衣服，我高兴得眉飞色舞。

幼教老师也夸赞说："新衣裳打扮得你花枝招展。你真是大家闺秀，林下风致！"

那天晚上二哥来幼儿园要钱，我说："哥，今天我买了件衣服花了 5 块，现在只能给你 5 块钱了。"

二哥一听甩脸子恼怒地说："啥烂衣服这么贵！谁叫你胡乱花钱了！你又不是没衣服穿！"

他拿上 5 块钱迅速转身悻悻而去。

这是我人生中第一次自己给自己买的一件新衣服，却被二哥气冲冲地大煞风景。我因此而感到扫兴，这件新衣服也就没怎么穿过。

1980 年深秋的一天，我回到家看见母亲满脸愠色，她气呼呼地说："一个 4 岁的小娃偷吃了她买的一块饼干，她就能下这么狠的手打他，把娃背上打出一个五个手指乌青的手掌印。娃疼痛得哇哇大哭了一天一夜。唉！就是个麻迷子、蛮横无理的女人！这个家还有我在呢，她竟能说这屋里养这些白吃的人做啥呢！"母亲潸然泪下地说着，她指的是二媳妇。

想想这新二嫂娶回来已两年多了，她跟我没怎么说过话，她也没有正眼看过我，整天愁眉苦脸，一脸恨意，一脸嫌弃。

这两年我在高考前去新城中学住校复习 3 个月，却连年落榜。人啊！不是你凭一腔热血想争口气就能争得上的！

现在我也被她列为在家白吃的人啦！

她是把所有的怨气发在小侄子小强身上了。看来这个家我也待不下去了。明年我去咸阳吧。

1981年阳春三月春光明媚。我准备去咸阳，我对二哥说："哥，你给我10块钱，明天我要去咸阳，坐车买票路上用。"

我对他说时，他直眉瞪眼地盯着我看，没有言语。

等第二天早晨我要走时，我在房间炕边站着，二哥进来把两张5块钱摔在炕上。他疾言厉色地吼道："你省着点花，要知道来钱不容易！"

他愤然扭身，快步走出家门走出大门……

而后来我对二哥也算是——滴水之恩，当涌泉相报了。

咸阳法院街 29 号院

2021 年 1 月 9 日是个周六，这天下午 4 点，洵美做完了楼下卫生，她来到书房说："梅奶奶，我干完活了。"

"好。请你坐下，继续聊我的情感历程。"

洵美便乖乖地坐在我跟前听我说。

有人类就有爱情。爱情是一个永恒的话题。

人年少时第一次感受爱情的浪漫柔情，这就是人们说的初恋。人们对初恋怀念至深，尤其是得而复失时。

爱情是为人生服务的。

人的一生，爱情并不是只有一次，爱情终身都会有，每个年龄段都有升级版的爱情。

这初恋人的爱是爱情，后来人的爱也是爱情，但它是成熟的爱情，是要组建家庭的爱情，是生儿育女的爱情。

回到咸阳走进法院街 29 号院，我就想起小时候的玩伴庭筠。

庭 筠

我 7 岁时，妈妈带我们从铜川返回咸阳，我们住咸阳市法院街 29 号，小时候这个院子我记得有 3 家人，我们家住前院临街在大门口，门向东有两间房子，父母亲和我、二哥，还有大姐家三个孩子，住南边那个房子，房子相对大一点有隔断套间，里面还有一个小间。

大姐住北边那个房子。后院有两家人，西边那家常住的是一个张老头，东边那家住着袁老太太一家人，她家是面向南方的两个房子，东边那个角房袁老太太和两个孙子住，西边那个房子是她儿子住。袁老太太的大孙子庭筠大概十二三岁了。回到咸阳那年我上花店巷小学，放学回家后我要帮妈妈烧火做饭，那时用风箱烧煤，我爱拉风箱烧火，看着把黑色的煤烧出火焰好神奇，而火焰还可以由风箱控制大小很有趣。那时庭筠就会来我跟前看我烧火，有时他也帮我烧火。那时没有自来水，街道居民家家要去担水吃，每家有一个水缸，每天从早到晚街道随时可以看见担水的人，母亲叫我们 3 个大孩子挑水，那时我可以担半桶水，我去担水时，庭筠也跟我去给他家担水。晚上街道邻家的孩子会在大院子空地玩耍，女孩子跳方格、踢沙包、跳绳、踢毽子。男孩子玩捉迷藏，跑来跑去地呼喊。每天晚上孩子们玩到尽兴才回家。

夏天暑假时，我妈把一张凉席铺在大姐住的房间地上，中午我们几个孩子就在凉席上午睡，午睡时家门是敞开的。庭筠也来我家这张凉席上睡午觉，我躺在席子边上，他说："你往里睡一点，我睡在你旁边，万一野猫来了，我来赶走它。"就这样，一个暑假他每天都来陪我们睡午觉。我们睡着后，每每我会先醒来，他的一只手总是搭在我身上。我坐起来挪开他的手，他继续睡着。

庭筠的爸爸是司机，他在一家运输公司工作，经常跑长途，一个月回家一次，每次回家他爸爸都往家里买好多吃的东西——蔬菜、水果、点心、面包等。每次他爸爸回来了，他就给我们送一些好吃的水果、点心、面包。小时候我第一次吃面包，还是庭筠送的，我吃着面包觉得好吃极了。

那时只要我在家，庭筠就来陪我坐、陪我走、陪我玩，晚上玩完了陪我回家。好像院里的孩子在一起玩耍是再自然不过了。

1966 年 10 月我回山西老家。1968 年正月我再回到咸阳，一个月后见到庭筠，他已是 18 岁的英俊少年了，他长得很帅气，身高 1 米 8，他的大眼睛明亮有神，他的笑和说话都变得洋洋盈耳。

那天他听说我回来了便来我家看我，他见到我愉快地问："小梅，你回来了？"

"嗯。"

"我们两年没见了，小梅你长高了！"他亲切地拍着我的肩膀笑着说。

"我看你长得更高啦！"我微笑着看他，他凝视着我。

顷刻后，他说："你到我家来玩吧，我养了金鱼。"

"是吗？"

"走吧。你跟我去看看。"

"明天再去看吧，我该做饭了，一会大姐就下班回家了。"

"走吧，看一眼就行了。"他拉了一下我的胳膊说。

我跟他去他家，进了他父亲住的那个房间，房间里有一张大床、一张木桌子和一把椅子，在一进门的墙下有两个陶瓷缸，每个缸里面都有多条金鱼。地上的一个木盆里面养着几条小鱼。他说："现在我爱钓鱼了，把钓的鱼养起来。"
他从门后面拿起鱼竿让我看。他说："下次我去钓鱼时你跟我一起去吧。"

"你去哪钓鱼？"

"去沣河。"

"远吗？"

"骑车子去大约 40 分钟吧。"

"那么远？"

"还行吧，不算远。"

"在那钓鱼待多久？"

"要大半天，有时会到晚上，得等鱼上钩啊。"

"哦。去的那天我得问问大姐有事让我做吗。"

"这两年你去哪了？"

"我回老家山西了。"

"这次回来你还走吗？"

"不知道。"

说着他从我身后搂住了我，把我搂得很紧。

他在我耳边说："前年你走的那天下午，我放学回来去你家找你，你没在；
第二天去找你，你还没在；第三天再去找你，你还是没在，我不知道你去哪了。
后来听我奶奶说，你跟你父母回老家了。后来回家时经常会向你家望一眼。好
长时间我说不出来是什么心情。你老家好吗？"

"你放开我，我给你说。"

"你还走吗？"

"我不知道！"

"我不想让你走了，我想把你留下来！知道吗？"他亲了一下我脸颊说，
我闻到他呼吸的气息。

我掰开他的双手，让身子脱离他，说："我出去了。"

"别着急。我想把你留下来！知道吗？"他说。

我没有回答。

随后我快步走出房间跑向前院。

过几天有一个城市姑娘来他家，他奶奶说："那是庭筠的同学，这个女娃

看上我孙庭筠啦，时常来找他。"两周后有一个下午我在大门外碰见那个城市姑娘走出去了，随后庭筠也出去了。周日庭筠来找我说："你要不喜欢，以后我就不让她来了。"我看着他没有说话，因为我不懂他为什么这样说！

那时我在果子市街小学上学，上学的路上有一个书摊，一张长桌边，放了一圈小板凳，放学后小学生在书摊上看小人书，我借了一本《红楼梦》的分册回家晚上看，看的是黛玉死的那一册，我看书是那样入神，我感伤得泪流满面。那时我不知道《红楼梦》是四大名著，也不知道它一共有四册，我只读了一册。

大　伟

1968 年这次我回到咸阳法院街 29 号，院子里多了两户人家，从我家往后院走的空地上盖了房子，挨着大姐房子的一家是姓田的人家，他家有六口人，他家大儿子叫大伟。另一家是姓马的人家，她家也有四五个孩子。院子居住 5 户人家就住满了。院子中间就剩一条通道通向后院了。

1969 年 5 月我离开了咸阳，直到 1981 年 3 月我再回到咸阳，12 年风雨漂泊重回故里。

这次来咸阳大姐让我住她的房间，到咸阳的第 3 天，周六早晨我从房间出来，大伟在他家门前院子站着，我们互看了一眼，我想看看院里这个青年是谁呀！

他看着眼前这位清纯的美少女，洁净得如仙女下凡，当时我穿着一件粉红色小白花的夹袄，梳着一个马尾辫，肤色白皙，一双清澈明亮的大眼睛，圆脸上藏着一对甜美的酒窝，真是巧笑情兮，美目盼兮。

我们俩相视了一会。

"这不是小梅吗！"

"大伟，是你！"

"小梅你什么时候回来的？"

"前天到的。"

说着话他就走到我跟前打量着我问："这次回来住多长时间？"

"还没有定呢。"

"有空我找你玩。"他爽朗地笑着说。

"好啊。"

我们打过招呼，就各自走开了。

大约晚上 10 点，他敲我房间的门："小梅，小梅，我是大伟。"

我开门让他进来，这个房间有一张大床、一个大写字台和两个凳子。

"你坐下吧。"

他进来坐在一个凳子上，我坐在床边。

"小梅，我们有 10 年没见了吧?"

"是。我离开 12 年了，可是你都长成大人了。我记忆里你还是 10 岁的样子。"

"我已经不小了，大学毕业现在都工作了。"

"哦。你干什么工作?"

"我在航校做教练。"

"哦。"

"高中时我考上了北航，毕业后当飞行员，干了两年后转到地勤。去年我调回户县航校做教练。"

"厉害呀! 你真有出息!"我羡慕地看着他。

"你这么多年干什么了?"

"我回老家后下地干农活。"

"你是在干农活吗?"

"是啊。"

"那阳光雨露可是滋润着你呢?"

"什么意思啊?"

"看你的样子像温室的花朵，没经过风吹日晒。"

"我可是在老家干了 8 年农活，没有休息日!"

"有人怜香惜玉吗?"

"啊!"

"名花有主了吗?"他睁大眼睛调皮地问。

"没有人让我养尊处优! 我是黎明即起，迎着风吹雨打地下地干活。"

"你这个窈窕淑女给谁干呢?"

"给生产队干啊!"

"让我看看你的手，看像不像干过农活的？"

我伸出手给他看，他看着我的手摸摸手心又摸摸手背，笑着说："你的手这么娇嫩哪像在农村干过活？"

"嗯。我牵马比较多。"

"牵马干什么活？"

"春季耙地，秋季播种。近两年我离开农村，去学校复习了。"

"你的学习能力比我强。"

"你已经毕业了，我离校门还很远呢！"

"你上学后想做什么？"

"回来找份工作。"

"工作后呢？你想做什么？"

"我没想那么远，这次能不能考上对我来说都是未知数呢。"

他翻了翻我复习的书，他眉开眼笑、不住地看我。

"以后咱俩多聊聊。"

"好的。"

东一句西一句地聊着，我都有点困了。

"大伟，大伟。"远处传来一个女人的声音。

"唉。"大伟应了一声，转回头对我说，"我妈叫我呢，我先回去了。"他出去后对她妈说："我在小梅这呢。"

不知不觉，他在我房间已经待了一个钟头。

第二天早晨 8 点，大伟来到我房间，他打开一个夹包说："小梅，你看看我的毕业证。"

他打开毕业证让我看。

"哦。你是北航毕业的。你入伍了呀？"

"是。我是考军校上去的。"

我对他肃然起敬。

"你已经大功告成了，我才刚起步。"

"我只是运气好。你知道小时候我是不爱学习的，经常挨我爸打。"

"现在你很成熟了。"

"那得看哪方面了，我同学都结婚有孩子了，我还没对象呢。"

"嗯。我们老家那的人结婚更早。"

"北塬上我婆家村子那的人结婚也早。"

"你这么棒！会有女孩子追你的。"

"去年我刚吹了一个。"

"哦。为什么?"

"合不来。"

"噢!"

"上午我们出去一块转转?"

"去哪?"

"到渭河边溜达溜达。"

"大伟，大伟。"他妈又开始叫他了。

他出去了。

一会他进来说："我妈让我跟她去看看我外婆，下午就回来了。回来我再找你。"

"行。你去吧。"

到了晚上9点半，天黑很久了。"小梅，小梅。"大伟在外面大声叫我。我打开门，他站在门口说："我刚回来，今天到我外婆家帮我舅干活了。"

说完他走向他的家门。

一会，他来到我房间问："今天你在干什么呢?"

"我在家做饭洗碗打扫房间，再看看书。"

"嗯，嗯。以后你就每天在家吗?"

"下周我去陈阳寨中学上补习班。明天我要到陈阳寨学校去看一看。"

"明早我走了去上班。周末没事可以回来。"

"噢。"

"下周末我回来咱们出去逛逛。"

"嗯。我看看那个学校是怎么上课的。"

"大伟，大伟。"他妈妈又在叫他，"回来吃饭!"

"你吃晚饭了吗? 到我家吃点饭去?"

"我吃过了，呵! 这都几点了。"

"我回去吃饭了。"

"嗯。"

他向我笑了一下转身走出去了。

陈阳寨

第二个周六的晚上 8 点半，大伟来到我房间问："这周你去陈阳寨中学了吗？"

"去了。周一我去报了名，办理了入学手续，下周开始上课。这是一个高考补习班。"

"这个补习班上课上多长时间？"

"两个多月，6 月底高考前结束。"

"陈阳寨离这很远，你怎么去上课？"

"我骑车子去。"

"骑多长时间能到？"

"一小时左右。"

"每天你都骑车子去陈阳寨吗？"

"我先走读几天，看看课程时间安排。"

"那也行。"

"学校有宿舍，我可以住在学校，周末回来一次。"

"路上车辆很多，你要注意安全。"

"嗯。"我想他这是在关心我呢。

"你呢？你的工作怎么样？"

"飞行员要遵守飞行规则，飞行时要一直专注，不能有一点马虎。"

"驾机遨游蓝天令人向往！"

"哪天我带你坐飞机在市区上空转一圈。"

"啊。那太好了！我没坐过飞机！"

"等着，我找机会吧。"

"会很期待的！"我脸带笑意地看着他。

"大伟，大伟。"他妈又在叫他。

"我妈叫我呢,我回去了。"他脸上闪过一丝无奈。

他起身出去了。

我们坐一坐、聊一聊,时间就过了一小时,跟他在一起时间过得挺快的。

回想大伟妈妈这几次对他的急切叫声,我忽然觉得他妈妈是不愿意让他和我在一起的。

开学后,我选择了在校住宿,这样会多些学习时间。

时间一晃来到了 1981 年 5 月 1 日,学校放 3 天假。4 月 30 日下午 3 点半,大伟到陈阳寨中学来找我了。当时见到他我很高兴,他说:"我骑了 3 小时车子来这的。"

"你从哪来的?"

"从户县,八九十里路呢。"

"为什么不坐车呢?"

"为了来看你,和你一起骑车回去。"

"谢谢你!"当时我挺感动的。

我们一起骑车子回家,一路上他和我并排骑车子。骑车到法院街口时,我停了下来,我说:"你先骑回去吧,我随后回去。"

"为什么?"他问。

"让别人看见我们不好吧。"

"我就是想让他们看见!"

我们俩在法院街口站了好一会。

"你先回去,随后我给你解释。"

他眯眼看着我,又稍等了一会他说:"那你先走吧,我等会晚点走。"

"行。我先骑车子走了。"

我骑到了 29 号大门口停下车子,回头一看他也到了。他微笑着说:"我骑得快,就追上你了。"

我俩相视一笑。我们到家了!

晚上 9 点,他来到我房间说:"我坐这歇一会,今天我骑了 4 小时车子好累啊。"

"那你躺床上歇一会吧?"我手拍着床说。

"你愿意吗?"他用挑逗的眼神看着我说。

"当然了。"

我起身站起，他走过来坐在床上，双腿平伸在床上，身子靠在床头上说："这样比较舒服。"

我坐在他坐的凳子上面看着他。

"你怎么走了?"他说。

我嫣然一笑。

"如果有沙发，你躺上会更舒服些。"

"你家有沙发?"

"没有。我四舅家有，我第一次坐沙发是在四舅家，当时坐上去把我吓一跳，沙发坐垫上有弹簧，一坐上去人就陷下去了。"

"你四舅在哪?"

"我四舅在呼和浩特，我是 10 年前去过内蒙古呼和浩特。"

"嗯。"

"我妈说'人累了歇一会就好了'。小时候回老家我走过 45 里山路，要走大半天，6 个多小时。"

他看着我，说："你说，我在听。"

马惊了

"我在老家干了 8 年农活没有休息日，真的很累。有一次是因祸得福休息了 3 天。"

"哦。什么事?"

"我在农村干的是牵马的活，那些马是蒙古马，他们说是我四舅送给垣曲乡镇的 300 匹马，给上王村分了 5 匹小马，这些马没干过农活，是需要驯服的。那年秋天的一个下午我去饲养室牵马，饲养员给我牵出来一匹黄褐色的小马，他吩咐说:'这是蒙古马，刚驯服出来的，慢点使唤，不要打它。'我牵着马走了，对蒙古马我感到很亲切，因为是我四舅送的。那天下午是在河滩耙地，我跟那个耙地的农夫说:'这是匹新马，慢点使唤，不能打它。'到地里把耙安装好，这个农夫站在耙上喊:'驾，驾，驾!'他喊来喊去这匹马就是不走，我拉它，它还是不动，那个农夫着急了，抽了小马一鞭子。这就坏了! 突然小马窜了出去，脱缰了，地耙子打在我双腿后，瞬间我跪下躺在了耙子上，地里有大土疙瘩，马拉耙子跑时土疙瘩被掂起时我抽出一条腿，在有机会时我又抽出另一条腿，我翻滚下耙子后，小马带着耙子飞奔，跑过地棱时耙子被撞得四分五裂。我坐在地中间看着我的腿，膝盖破了在流血，腿肚子发青。那个农夫跑过来看着我问：'小梅，小梅你怎么样？'我问他：'马呢？''马惊了！窜得不见了！''你去找马吧。'"

我说的时候，大伟坐了起来手搭在我膝盖上说："好险啊！"

"是。我是有惊无险。当时没觉得太痛，我自己走了回去，一夜后我双腿就肿了，也开始疼痛了。想想就后怕啊，万一哪个耙钉扎在我腿上，我腿就骨折了！"

"哦哦。以后我来保护你吧。"他盯着我慢慢地说，并用手抚摸我的双腿。

我微笑不语。

"明天五一，我们放三天假，你想去哪？我陪你。"他说。

"你想去哪呢？"

"去哪都行，我们出去玩玩吧。"

"好的。"

"大伟！大伟！"传来他妈妈急促的叫声。

"我妈叫我，我出去了。"他起来出去了。

第二天五一节，早晨7点半，大伟敲门进我房间说："抱歉！今天我不能陪你出去了，我妈让我跟她去外婆家帮忙。"

"嗯嗯。你先去忙吧。"

"大伟，大伟。"他妈又急促地叫他。

"那我走了，大概晚上才能回来。"他转身出去了。

"嗯嗯！"我笑着送他到房间门口。

"快，快，走咧，咱得赶紧走咧！"他妈站在我家门前说。

他妈见到我也面带笑容，说："大伟外婆家盖房子，今上梁请客，要人去帮忙呢！"

我知道他妈妈是想把他叫走，不愿让他和我待在一起。

他妈妈见了我，是强颜欢笑、很客气；但我见了他妈，心里有点发怵。

他爸爸见了我，总是开心得眉开眼笑。

那天晚上他没有回来。

第二天晚上他也没有回来，可我时不时地会想他。

凌晨醒来时我想着大伟，他是陕西关中美男子，他身姿挺拔，方脸微长，浓眉大眼、眼睑稍长、鼻梁挺直，唇角带着浅浅的笑意，络腮胡子刮得很干净，小麦肤色很阳光。他清新俊逸，端庄威严，男人味十足。一双眼眯着看人蕴含着轻松和机智，他有英锐之气，但他又温和而自若。

他的微笑藏在我眼里了，他眼神的光照亮我心灵深处。

5月3日上午他回来了，大约11点我在厨房做饭，他走进我家问大姐："大姨，小梅在吗？"

"她在里屋。"

他进了里屋，我正在揉面，"小梅。"他叫我。

"你回来了？"

"嗯。这两天帮我外婆家盖房子，他们忙得不让我走。"

"是的。盖房子是要很多人帮忙的。"

"你什么时间去学校？"

"午饭后走。5月我不打算回来了，我得抓紧时间复习。"

"哦。下午我也走。"

"你怎么去户县呢？"

"我们航校有车过来，我顺便搭车去。"

他在我跟前站着，看我擀面条："你会擀面条？"

"会的。"我微笑着看他一眼。

"你还会做什么？"

"面条、馒头、包子、饺子都做过，还会炒菜。"

"想不到你还这么能干！"

听见他夸我，我看他一眼，欣然一笑。

好奇怪！我一见到他，对他的思念就全没了。

5月份我没有回来，月底要模拟考试了。

6月11日周四下午3点左右，大伟来学校找我，我见到他很高兴，他喜笑颜开地说："一个月没见你了，你想我了吗？"

"哦哦。"

"5 月你回家了吗?"

"没有。我回家了就会来看你的。"

"今天我来是叫你跟我去……今晚上我带你坐飞机,在天空转一圈看看市区夜景。"

"太好了! 我很向往坐飞机。"我向天空望了望。

"那现在我们就走吧!"

"现在去哪儿?"

"去我们航校。"

"去户县? 今晚我怎么回来?"

"飞行结束会很晚,你回不来了!"

"那我住哪儿?"

"你住我宿舍。"

"啊!"我不好意思地看着他。

"哎呀。别紧张! 我去住集体宿舍,那的空床多着呢。"

"嗯嗯。请稍等,让我想一想。"我和他在校园的路上慢慢地走着。

我们默默地走了约 10 分钟,他问:"你想好了吗?"

"今天有点突然,下次再去行吗?"我向他微笑着说。

"为什么?"

"下周学校最后一次模拟考试,20 号这里的课就结束了,我就离校回去了。月底我还得准备回山西老家,因为高考要到户籍所在地去考。"

"哦哦。"

"一晚上耽误不了你多长时间,明天早上我送你过来。"

"我怕飞机把我的心放天上了!"我抿嘴一笑。

"哈哈!"逗得他大声笑着。

"有我呢,我把它给你带回来!"他笑着说。

"很抱歉! 这次我不能跟你去了。"

他一脸无奈的表情:"你真的不去啦?"

"真的!"

"好吧。那我得走了。"

"你是怎么来的?"

"搭我们航校的车来的，车在大门外等着呢。"

"走，我送送你。"

我把他送到学校大门口说："很感谢你来看我，20 号我就回去了，咱们回家见。"

他上车时说："好。再见！"

"再见！"

他坐上车，车开走了，卷起一路沙尘，我望着他坐的车远去，直到看不见。他好像把我的心也带走了。

下午到晚上，我的心都用不到学习上了，满脑子都是他。

这一周过去了，我持续心荡神驰，感觉整个人都在空中飘。

我要镇静，当下的考试非常重要，否则前途渺茫！

1981 年 6 月 20 日，陈阳寨中学高考补习班课程结束，下午 5 点我回家了。

1981 年 6 月 28 日周日，昨晚大伟没有回来，我忍不住地往院子走走，希望他能回来，在我走之前再见他一面。

下午 6 点，我在院子见大伟从大门走进来，我欣然向他走去："你回来了？"

"嗯，刚到。你回来一周了。"

"嗯。"

我跟着他走到他家门口停下了。

"你进来吧。"

"你妈在家呢！"

他察觉到我有点羞涩，便说："那晚上我们出去吧，一会我叫你。"

"好的。"

渭水西来直

晚上 8 点，我们俩走出大门向东从西道巷走到渭河边，我们坐在渭河北边的沙滩上。

一直坐到深更半夜才离开。

这个沙滩很寂静，没有游人走动。城市的灯光照在渭河水面，波光粼粼，哗哗淙淙的流水声似琴瑟和鸣。

夏夜星空灿烂，一弯明月挂在天空。有小飞机从南向北飞行，嗡嗡地飞过我们的上空。

"你看，这是我们的飞机！"

我随着大伟指点，仰头向上看。

"为什么晚上也飞呢？"

"训练飞行员什么时间都有飞的。"

坐在他跟前有一种身体被吸引向上的神奇感觉。

东边的渭河桥上列车轰鸣，一会向东一列火车，一会向西一列火车，每一列火车过桥时都要长鸣一声。

飞机也一架一架、嗡嗡地从上空飞过，红色的灯光很亮丽。

火车过桥时很好看，车窗明亮，每过一列火车就像火龙穿过。每过一列火车我都要看，看得我心潮彭拜。

"大伟，很感谢你带我出来，这个地方太美了！"

"是嘛。"他看着我笑。

"你看这沙滩、流水、桥上的列车、天上飞的飞机、寂静的天空、闪烁的繁星、柔和的月光，还有我们两个……"

"我们两个什么呀？你快说呀！"他用臂膀碰着我问。

我笑而不答。

"你什么时间高考？"

"7月7、8、9号。"

"你明天走吗？"

"走。回山西办理考试事宜。"

"这周末上级安排我值班，我特意请假回来送你。"

"今天我也一直在等你，若不见你，走了会感到遗憾。"

"我真心不想让你走。"大伟说。

"你比我大三岁我都愿意，换个别人大我三天都不行；你没有户口不要紧，我是军人能把你带出来；你没有工作也没关系，我能养活你！"

大伟说的话，令我心动不已！我竟无语了。

夏风从渭水面上轻轻暖暖地飘过来，它把大伟的话吹进我的心扉，我的爱情像是为他绽放了。我闻到了他的气息，他敞开心胸在迎接我。

我的心为他解冻了，我问自己："我爱上他了吗？爱上他了吗？"

我们站起来在沙滩上漫步，走到渭河水边，轻声歌唱。

"夜深了，我们回家吧。"

"我看一下几点了！"大伟看着他的手表说，"再待一会。"

"你困了吗？"他问。

"有点困。"

"你晚上几点睡觉？"

"10 点。我喜欢早睡早起。"

"好习惯。"

"我送你支钢笔。"他递给我一支黑色的钢笔。

"谢谢你！"我接过了这支笔，拿在手上。

"明天早上我要早走，8 点前要赶到户县航校，明早我们就不见面了。"

"我会想你的！"

深夜 1 点多我们回到家的大门口，他握住我的手说："再见！"

"再见！我会回来的！"

我们悄悄地走进院子，我轻轻地推门走进我的房间。

我听见他进家门后跟他妈说话。他妈妈一直在等他回来呢！

我心里紧张。为什么听到他妈说话的声音会犯憷呢？

大伟把我带进了谈婚论嫁的美好时光，让我感受了风和日丽美妙的爱情！

停顿片刻，我对淘美说："好了。这会我先说到这，晚上我们再聊，接着我将迎来一段凄风冷雨、风吹浪打的日子。我们去搞卫生吧。"

"好的。"淘美惊讶地看着我。

"走进房间，先整理一下凌乱的东西，保洁时先擦桌子、擦台面，最后擦地板。擦桌子和擦地板的毛巾要分开，擦桌子和擦台面用一条毛巾，擦地板用另一条毛巾。保洁的毛巾要洗干净，抹布干净了擦出来的地板就很干净。干完活后再检查一遍，若有漏擦的地方再擦一下。"

"好的。梅奶奶。"

下午淘美用两小时把楼上的卫生搞完了。

"淘美，你干活很好，仔细认真。"

"搞卫生这活挺好干的。"洵美说。

"是，俗话说，家务活不难学，人家咋做咱咋做。"

晚饭后，洵美来到书房，我说："洵美来，我们坐在南阳台。"

南阳台是一个玻璃阳光房，浅蓝色顶棚，白色提花纱帘，地板砖是仿青石色图案，连上西墙面，坐在这里休闲而雅致。

在垣曲

1981 年 6 月 29 日早晨 7 点，我和母亲坐火车离开咸阳。由于太困了，我坐在火车上一路迷迷糊糊、似睡非睡，感觉大伟一直在我身旁。在侯马下了火车，我和母亲在候车室坐着，母亲问我："昨夜里你和大伟出去了?"

"哦。"

"夜里几点回来的?"

"有半夜了吧。"

"大伟现在干什么呢?"

"他说他在航校带学员。"

"你们说了点什么?"

"我说我要回去考试了，他送了我一支钢笔。"

"哦。那是信物。"母亲面带喜悦地说，看来她对大伟是满意的。

我感到奇怪，有点心跳。我和大伟交往是谨慎的、秘密的，母亲怎么知道了? 不知道怎么了，在母亲跟前也有不好意思的害羞感。

其实我们低估了父母，所谓的爱情、男婚女嫁，父母是经历过的，在他们眼里这是很正常的事。

婚姻是人生的大事，选对象是要和父母商量的，父母不干涉你恋爱自由，但他们会提一些建议和看法。不要忽略父母的人生经验和他们的人生阅历。

1981 年 6 月 30 日，我回到了山西垣曲上王村，当天我就去新城中学报名准备参加高考，但我还得去住校，参加那的补习班，虽然距离考试只有一周时间，但老师每天会辅导、讲一些重点，我在校舍住了 10 天，考试完了回家。

这次考试没有考好，要考上有难度。只是幻想考上后，自己就可以扬眉吐气了。

我在想：也不知大伟怎样了，若考上了，我就可以风光地去见他了；若考不上，我都不知道该怎样见他！

我们村有一个老师在新城中学教书。有一天我妈对我说："昨天村里那个岩舅来说媒，说新城中学有一个老师二十七八岁，前两年刚大学毕业来教学，小伙子人长得挺排场，大高个子的白面书生，就想找一个好看的女子。他说他在学校见过你，看上你了，打听到咱家来问我，岩舅说先让你们见个面。"

我听了没有言语。

"你看怎样？我还要给岩舅回个话呢。"

"我不知他是谁，也没见过这个人。我不想去和他见面。"

我总感觉大伟在我身边微笑着看着我。

这是爱的相思，还是幻觉呢？

我在想和大伟的问题。

人们都说大丈夫！

他比我小三岁，找一个小丈夫感觉有点难为情，找一个比我小的丈夫可靠吗？不过他说的那三句话让人挺感动的，你认为他是个男子汉！

在我的记忆里，他还是个小小年纪、10 岁的模样。

他是真的爱我吗？会不会是他刚吹了一个女友，心里有失落感，正好遇见我而寻找一下安慰呢？

但我相信他是喜欢我的。

我又想——我出生在法院街 29 号，再嫁到法院街 29 号，我都嫁不出大门了吗？

不由得哑然一笑。

其实我真正顾虑的是：他是军人，我不愿耽误他的前程。

"地富子女"一直是我头上的紧箍咒！它使我在社会上历尽磨难。

他不知道，"地富子女"在当时的社会上有多可怕，人们躲开你像躲避瘟疫一样。

那时的我就像活在社会的黑暗角落里，大伟是给我带来阳光的人。

七十年代，想当兵的话，亲戚若是高成分，政审都过不去，我若是他的妻子，一下会把他拉成"黑五类"！我得有自知之明，退避三舍，避免连累人家。

那时当兵是社会风尚，一人当兵全家光荣。村里若有谁家儿子当兵了，村长会给他们家送大红花并挂在大门上，媒婆会立马上门说一门亲事，让这个新的未婚妻来送他去当兵，就像电影中演的一样。他的父母也会兴高采烈、得意扬扬，因为军属是他们家的至高荣誉。

1981 年 8 月初，高考成绩出来了，我落榜了，虽然很难过，但也在预料之中。考学出去这条路我还能走通吗？毕竟我的基础是太差了！

去找大伟结婚吗？没有考上大学，他会怎样看我呢？

我该怎么办呢？

我在老家又待了一个月。

母亲的故事

在垣曲那段时间，我是闷闷不乐的。母亲给我讲了讲她的人生阅历。

母亲说："人这一生，尤其是女人，自己的一生过得就不容易，养儿不容易，养女也不容易。要有一颗勇敢的心，相信逢遇什么事都能过去。人生有多条路，有大路有小路，路的旁边还有路，有水路有陆路，只要有目标，看着方向走就能到达。人生中会有一段屡遭挫折的艰辛路，沉几观变，从容应对就能否极泰来。生活的路是百转千回，在曲折中前行，人随着岁月的成长都能心想事成！所以人生是喜悦美好的，保持自信，无论在什么样的境遇中都要坚持活下去！"

出 嫁

母亲告诉我："人的一生要经历许多艰难困苦的事情，必须一次次自己度过，婚姻家庭就是磨炼自己的场所。我18岁嫁给你父亲，他比我大8岁，他是娶过一次亲的人，我是你父亲的第二任妻子。我出嫁的那一天就哭了一路，因为我坐在轿子上，轿子上上下下地颠簸，翻山越岭的路很难走。我在想，也不知道他们要把我嫁到哪里去。还说是一个很富的人家，夫婿在大城市太原念过书，一表人才，知书达理。新婚之夜他三更半夜才进洞房，我被冷落得心寒掉泪。后来听说那晚他去他小嫂那了，我饮泣吞声地忍了。生下你二姐时，你父亲非要把小女儿过继给他小嫂，等她把女儿养到4岁时，我执意要把女儿要回来。为这件事我还和你父亲打了一架。"

哇塞！突然我觉得我妈好厉害呀！

大哥二哥

母亲说："人一生中，家里会发生许多事。事情发生了，心要放在解决事的方法上，不可放在事中心急火燎，否则会手忙脚乱、忙中有失。你大哥在咸阳二中住校读书时，他生病晕厥了，是急性盲肠炎，学校把他送到西安医院住院治疗。晚上学校来人通知家里，第二天早晨我就要去西安看他，这一夜我心里担忧，目不交睫，黎明起来就着急地走出了家门，到了西安下车时才看见我穿了一只新鞋一只旧鞋。无奈，就这样走吧，好歹在大城市没人看你、笑话你！你大哥那天被送到医院，医院已经给他做了急诊手术，护士监护，不让家属陪护。我看到儿子喜极而泣，他说：'妈，我很饿。''过两天医生就让你吃饭了，配合医生好好养伤。'他人平安我就放心了。西安大医院真好！"

母亲说："儿多母受苦，一个儿女一条心。50年代街上的汽车很少，人们见到汽车会躲得远远的。你二哥三岁时跑到大门外玩耍，我出大门找他，看见他在马路对面玩，我就叫他，他听见我声音就往这边跑，突然一辆汽车从东向西开过，吓得我魂飞魄散，一下就瘫了跪在地上。汽车开过去了，小儿子跑到我跟前，我才惊魂甫定。"

咸阳哥

母亲给我说了一件事，我感到神秘莫测。她说："你有一个哥哥叫咸阳，长得可爱喜人、聪明伶俐，小小年纪很会说话。我非常喜爱他，可惜他5岁就病故了。我把他送到城西荒郊野外安葬时，我在他的右胳膊上用香头按了三炷香点，我哀痛欲绝地说：'儿啊，妈妈很爱你，如果你能听见，请你再回到我身边。'"母亲说着泪流脸颊。

我感受到母亲的丧子之痛，痛彻心骨。

"神了！第二年你出生了，你的右胳膊上就有三炷香点的胎记。难道你是哥哥转生回来的？"母亲看着我说。

"我的神啊！"我听了觉得玄之又玄！

大　姐

母亲说："过去的婚姻不如意，说是父母包办的；现在说婚姻自由，我看是离婚自由。养女是个气布袋！"

"你大姐16岁嫁人，结婚后就住在离咱家不远的那个院子，你父亲是个很刚强的人，大女儿出嫁时，他都伤心流泪了。晚上你父亲会到那家院子转转，看看女儿会不会挨打受气。一年后她生了个女儿，随后她离婚了，把女儿抱回来。我问她："怎么说离婚就离了呢？' '那天晚上他打我，第二天我上班给工友说了，她们说，现在解放了，不兴打女人，去工会跟他离婚。就离了。'离婚时她才 18 岁。"

二　姐

母亲接着说："这下轮到你二姐了，小三 17 岁结婚，一天早晨她下班回来，后面跟了一个男子进来，她一进门就哭，我问她你哭什么呢，她说昨天我跟他结婚了。我一听上去就扇了她一巴掌。'结婚这么大的事情，就不能先回来给大人说一声。'气得我也跟着她哭泣，'小三，你要出嫁了，连一身新衣服也没有穿！'她后面站的那个男子，脸发黄人干瘦干瘦的，一看身体就不健康。结果他就是有病，是肺结核病。后来小三说是厂里工会人员介绍的他，是工会组织她们结婚的。"

表　姐

"还有你二姨家的女儿小花，在家跟继母合不来，15 岁时我把她叫到咸阳，刚来时，咱们街口南边有个法院，那个大院子有户人家要找保姆看孩子，我让她去先给人家帮帮忙，不久她就和一个男子认识交往，那个男子有时还会来咱家大门口，我看见这个男子嬉皮笑脸的，年龄比她大好多，还有些秃顶。后来我打听了一下，听说这个男的已婚，有老婆。我对小花说：'这个人对咱不合适，你还小，应找一个年龄和你差不多的，没结过婚的。'她也不听我的话，那个男的也缠住她不放。一年半后她嫁给了他。"表姐的婚姻也让母亲气愤不已。

母亲讲了自己的婚姻，还有这三个姐姐的婚姻，真让她生气！

我该怎么办呢？

"妈，你认为我找个什么样的人做你的女婿你才会满意呢？"

"我听你姥姥说：'娶媳妇要娶大家女，嫁女要嫁初发人家。'听你父亲说：'娶妻不攀高亲，交友要交名流。'人心要实，火心要虚。新社会没有大家族、大家庭了，没有有钱人家了。男子起码得有自食其力、养家糊口的能力。要找一个有担当、有智慧的人。有志不在年高，无志空活百年。"

"哦哦。"

"我这一生都是在家里生养孩子料理家务，没工夫出去跟邻里们说闲话。你父亲给我说：'无论外面发生了什么事，你都要看好我们的孩子长大成人！'人过留名，鸟过留声。我的名字叫淑馨，出嫁后，你父亲给我起了个官名叫成如玉。"

"父亲很喜欢你，给你起了个如花似玉的名字。"

在老家时，我独自反思：这次我去咸阳干了什么？复习课好像也没专心！是和大伟恋爱吗？开始并不知道，直到我走时，他说了那三句话："你比我大三岁我都愿意，换个人大我三天都不行；你没有户口不要紧，我是军人能把你带出来；你没有工作也没关系，我能养活你！"我才明白他是在向我示爱求婚！

"你光看脸是活不下去的。她没有户口，没有工作，以后再有个娃，你挣那一点钱能养得起家吗？"这是有一天晚上大伟和他妈在争执时，他妈说的话。

户口？户口？有了户口我就可以找工作了？

我去问我妈："妈，我的户口为什么从咸阳迁回老家？"

"那是1966年秋，我们家从咸阳回来时，因你和你二哥还小得跟随父母一起生活，就把你们带回来了。"

"那时你们把我们的户口别迁回老家就好了。"

"妈没有文化，对世上的事情不太懂，你爸那时也慌乱了。"

我看着妈妈一脸无奈。

"上次我在咸阳时，听一个街坊邻居说，他公司有的人又回来了。"

"那他们是去找谁办的呢？"

"你爸爸原来在蔬菜公司工作，找找蔬菜公司看行吗？"

"我去找吧。"

我想去咸阳解决我户口的问题。

咸阳法院街 29 号院续

再回咸阳

1981 年 9 月底我回到了咸阳。听大姐说："大伟找了一个女朋友，在某厂上班。"

我一听就蒙了！

那一夜我辗转反侧，似睡非睡。

夜深风雨打窗棂，惊破爱的永恒歌。

秋雨连绵洗清秋，闲愁万种思天晴。

这次回到咸阳，我的意识全新了，我历经磨难、魂牵梦绕要回咸阳的家，可这家已经不是我家了，它变成了大姐的家，我已经是亲戚了。

也让我明白了只有父母在才是我的家！

我心仪的人，离别后另有新欢了。

我好像已被关在咸阳城外了！

那个喜欢我的人，已经喜新厌旧了。

我错在哪呢？

那天晚上我不该走吗？

考完试我应该立刻返回来找他吗？

我该怎样挽回他呢？

我该怎么办呢？

咸阳法院街这个院子的人家，家门是两扇木门对开，白天家家是不关门的，从谁家门前过时这家里的东西、人物一览无余。

第二天上午，我一出房门就看见大伟家东房里有一个女子，这就是他的新女友。忽然我心里堵得慌，一天都很难平静。而这个女子没有走，白天在他的床上躺着。

这一天我的心像在煎熬。

我好像被定格在这了，觉得受了羞辱而感到难堪。

我该怎么办呢?

柳泣花啼,我的心难以宁静。

连绵的秋雨唰唰地下着,天地一片灰蒙蒙,我的昼夜难分清。

第三天大伟的女友仍在他家躺着。

这真是亮瞎我的眼!

情　变

周六下午黄昏时,我在厨房案板上擀面,

大伟进来了,他见到我,问:"小梅你回来了?"

我看了他一眼,竟低头不语,只管用擀面来掩饰我内心的委屈。

他也没有说话,过了片刻,他出去了。

那天晚上他没有来找我,第二天也没有来找我。我也没有去找他,但他在我心里依然生气勃勃!

我被情所困,陷入了僵局。

我该去找他吗?找到他也许会有两个结果:他说"我们结束了",我这是自取其辱;他说"我让她走,我们重新和好",我会感到我们在分开这么短的时间里,他就有了新欢,那在将来的岁月里该怎样忍受他的风流呢?

关于忠贞的爱情的故事是怎么说的呢?

而我自身也寒酸:没有户口,没有工作,也没有时尚的服装和打扮。

我穿戴的全是大姐二姐给的旧衣服,和我的年龄也不搭。我的知识不多,也不善于表达。我比他大三岁,也不能扑在他怀里梨花带雨地撒娇。

那时的我只有简约朴素、秀外慧中、温雅含蓄的天然模样。

退出吧?我的心留恋不舍。

我只有沉默,但我的心很是煎熬。根孤伎薄,孤零零的我有谁来怜恤呢?

我去派出所问我的户口问题,看看有什么办法。我去了咸阳渭城区派出所,工作人员说:"你要去找你父亲的工作单位,他们给你父亲报上来,我们才能办理。"

我好像看到了希望。

要去咸阳蔬菜公司找人，我问了大姐夫："给父亲恢复名誉去蔬菜公司找谁呢?"

"找他们领导问问。"

"姐夫，你跟我一起去吧。"

"行。"

我和大姐夫去了蔬菜公司见了他们领导，领导说："有一个小组，专门办理这件事。"

我们找到了这个小组的一个工作人员，他说："你们写一个情况说明递上来。"

我们离开了蔬菜公司，大姐夫说："你要写资料交给他们，否则你走了他们也忘了。我们自己只有一件事，他们有好多事情，不会把你的事情当回事，只有你催得急，他们才会给办。"大姐夫教给了我一个办事的经验

从蔬菜公司出来，我看到了希望，我的心不再那么寂寞无助了。

我回家写了父亲的情况说明，交给了蔬菜公司有关人员，他们让我等候结果。

当我独处时，大伟的神态总在我眼前浮现，他说话的声音总在我耳边回荡。

真是剪不断，理还乱。

此外，不管大伟在不在家，大伟的女友都是天天住在他家，我一出门抬头就会看见她在他的床上躺着睡觉，每次见到这情景就感到压抑得透不过气来。我没有钱去住旅馆，也没有其他地方可去住，只得忍受着难堪的折磨。

当断不断，反受其乱。

我在想，我得退出。

我要疏远大伟，不再接受他的任何新信息，把他之前美好的神态留在记忆深处。

大门口的东侧有一小房间，里面放着家里的杂物，我对大姐说："我想住在这个小房间里。"

"这儿原来是咱家的柴草房，墙薄顶单，冬天冷夏天热，不能住人。"大姐说。

"没事，我先住一段时间吧。"

我把这个小房间收拾了一下，支了一张单人小床，大写字台搬了过来，有一个凳子，这个房间只有 8 平方米，进门右手的写字台前有一个大窗户，临街墙高处有一个小窗户，我就住在这个简陋的柴草房里了，但这个柴草房却是让我感到心旷神怡的一片新天地。

每天全院的人要从窗前穿过出入，有时半夜有人回来会喊叫我开一下大门，我像是院子的门卫。

煤气中毒

那年寒冬三九天，北风呼啸天下大雪，大姐说："小梅，最近有西伯利亚寒流过来，还下大雪，你搬回房间住吧，这个小柴房太冷了，冻人。"

"我就住这吧。"我想这跟鹅沟的牛棚差不多吧。

"你要是不回房间住，就把那个小炉子搬过来生着火取暖。"

"行。"

那天傍晚天下大雪了，房顶、院子、街道被一层白雪覆盖。

晚上，我把那个小铁炉子搬进来生着火。那时烧的是蜂窝煤，要睡觉时我放了一块蜂窝煤。到了后半夜我头疼得厉害，感觉呼吸也不畅，我就起来开开门，忽然我就倒下失去了知觉，我倒在了门外院子走道上，不知过了多久醒来了，一看我浑身是雪，雪一直在下着。我见小屋的灯亮着、门开着，我爬起来进了屋子。

第二天，我给大姐说了昨晚我发生的情况，她说我煤气中毒了。后来我把煤炉子搬出去，再没用过。

我在这里一住就是 7 年，无论酷暑严寒，直到 1988 年 11 月我出嫁，才离开了咸阳法院街 29 号院。

眼下我得重新规划一下自己，还得继续补习，明年再去参加高考。反省今年高考的失利情景：在外地复习回去考试，似乎不接地气；补习三个月，却伴随着似是而非的爱情。

蛋打鸡飞怪谁呢？

大伟给我们画了一个未来幸福的愿景，而他又抹掉了！

我像飞天仙女飘荡在人海上空！

我像飞机在空中盘旋，没有机位！

我的心在感受着爱的困惑。

我们的一百天爱情，曾那么绚丽多彩，令人神往！

在那么多求爱的美少年里，大伟是推开我心扉的人！

我们走到了西湖断桥！

爱上一个人不容易，怎么忘掉一个人也很难？

独处时，总觉得大伟就在我身旁。

他眯着眼微笑，还总在看我，他离我这么近？

我知道他不在这。

怎样才能忘了他呢？

得抹去这没有未来的爱情！

把他送给我的笔还给他，是否就走出了爱的困惑？

怎样送还给他呢？

他只有周末回来，而他的女友天天住他家，找到一个单独见他的时刻也不容易，而且还不能让他进入我的视线，我怕我管不住伤感的泪水。

两个月后的一个周六黄昏，他一个人在家，我走进他家，他在桌子边坐着，我低头没看他，把笔放他桌子上小声地说："这是你的笔，还给你！"

我转身就出去了，快步走向前院，我走出了大门，向街道走去，从人民路向东走，漫无目的地走着。

从此我们形同陌路。而与他的爱情好像种在我心田了，时常浮现在眼前。

相思依然在飞，没有随着钢笔而消失。

这爱情让人着魔，但现实却让人止步不前！

怎么我就管不了自己的心呢？

我买了一盆花放在小玻璃茶几上，写了一个标签放在玻璃桌面上。

"我是我！"

我把他收藏在心底。

户口搬回咸阳

1982 年这一年来我在咸阳和山西垣曲之间往返多次，办理户口需要一些证明材料。

1983 年 7 月，我和母亲的户口迁回咸阳了。如愿以偿，如释重负，舍然大喜！

我心花怒放、神采飞扬，这么好的心情与谁分享呢？

扬眉吐气啊！我也敢抬头看人了。

二姐见了我，喜悦地说："小梅看上去好年少，亭亭玉立、花容月貌，长得像一个电影演员。"

有一天上午我进大姐房间，大伟妈妈也在这坐着，她看着我满脸笑容地说："小梅，户口迁回来了，该找婆家了。"

我含笑不语。

"小梅很能干，我们把鞋带绑紧都追不上你。"大伟妈妈说。

那年年底大伟结婚了，举行婚礼的那一天，他父母叫院子邻居们去参加他的婚礼，我想了想，觉得应该去给他捧捧场，我要让自己面对现实，告诉自己他不属于我了，不要再思念了。

在他婚礼上，我坐在进门右边最后角落的一桌，我拿着筷子没有吃一口东西，我端着杯子也没喝一口水，我在观察大伟的言行举止，我看见他的表情神态不自在，他的笑也很勉强。

这是前年我们离别后我第一次看他，而且是在他大喜的日子里。他的长相在向我求婚者里面是一般的，但他是闯入我壁垒森严心灵里的人，也是让我感受到失恋的人。

今天我是为我的爱情送行来了！

参加完他的婚礼后，我就把他忘了，这一忘就是 40 年。

和大伟交往期间，我感悟到：婆媳关系表面上是亲情关系，实际上却往往近似于情敌关系。

"洵美，今晚我们先聊到这。"

"梅奶奶，我想听你讲你的故事。"

"行。我们明天接着聊。"

"好的。"洵美听话地下楼回房间休息了。

2021 年 1 月 10 日周日，等闲下来已经是下午 3 点了，我便和洵美在书房中聊起了天，这一次，我从金堆城开始讲起。

金堆城

1984 年 8 月 5 日周日，我去了华县金堆城大哥家。去年大姐的工友给大哥介绍了一个离异的东北女人，她带着一个 10 岁的女孩，大姐让我去看看他们过得怎么样。

母亲也一直挂念大哥家的两个孙子，大侄子 12 岁，小侄子 8 岁，不知道这个继母待他们怎样，孩子们受没受委屈！

只有我能去大哥家看看。那天早晨我坐火车到渭南地区罗敷站下车，再乘坐大巴车去华县金堆城矿区，车沿着河套边山底路开，一路上坡，路边的岩石像城墙一样绵延向前，车子盘旋上山，到山顶翻山下坡，我看见河对面山坡上一排一排高低不平的房子，像积木块随意摆放在青山绿水间。

下午 3 点后我到了大哥家，大哥住在沿河岸上坡的第一家平房里，房前是用一米五高的栅栏围着的一个院子。他住的房间是一个小套间，里屋有一张大床，外屋放了两张架子床，进门的左手边摆的是大侄子和小侄子上下睡的一张架子床，横对着门摆在里面的是另一张架子床，是那个小女孩和她妈妈睡。大哥睡里屋大床。外屋中间有一张餐桌，有 4 把小餐椅。厨房是在屋外搭的一间简易棚子。

我来这几天，晚上是和这个女孩睡那张架子床，我睡下铺。大嫂进里屋睡了。

8 月 6 日上午碰到了隔壁邻居大婶，她问我："昨夜里你哥他们两口子又吵架了？"

"哦？"我感到惊讶。

"他们天天半夜吵架还打架，都一年多了。吵得我们都睡不了觉，开始我还劝他们，后来也就不管了。"大婶一脸无奈地说。

那晚夜半，大哥和大嫂在争吵着什么！

由于夜里我睡得比较深，就是天打雷也吵不醒我，所以我不清楚他们吵什么。

早餐后，大哥和大嫂去上班了，我收拾好厨房。

进屋打扫房间，整理他们的床铺，大侄子的被头脏得跟黑油布似的，我把他的被子拿下来准备给他拆洗一下。

午餐后，我正要拆大侄子的被子，大嫂上来指着我说："谁让你给他拆洗被子的？"

"我看见他的被子很脏了！"

"你这样做是想说我这个后妈不好吗？"

我没这样想也没有言语。

"你不要给大强洗，让他自己洗自己的东西！谁叫他不爱洗澡洗脚！"

"你也不要给小强洗衣服，让他自己洗！"她恼怒地命令。

我沉默不语。

不过隔日我还是把大强的被子拆洗了，我认为小男孩洗不了被子这么大的物品。

这里人们洗衣服是在下面河水里洗。

两个侄子说："这一年我们都是自己去河里洗自己的衣服。冬天结冰了，把冰打开一个洞洗自己的衣服。提着湿衣服回来，路上衣服都冻硬了，两手冻得通红还有冻疮。"

我听了感到两个侄子挺可怜的。

这里的房头有一个自来水管龙头，人们饮水得自己用桶去房头提水。8月7日早晨，大嫂说去提水，我跟她去了，前面有两个人，我们正在排队时，小强跑过来说："妈，我的本子用完了，要5毛钱买本子。"

"啐！你追这来干什么？你回去待着！"她瞪眼说。

小强转身就跑了回去。

等我们提水回去，小强在门口站着，她一进院子就怒喝："你要钱还跑大街上喊，你想寒碜我是不是？傻不拉几的！"

"滚开！滚！今天不给你钱！"她大声地呵斥。

小强怯怯地站着。

"你还不滚！"

小强慢慢地走出了院子。

我很诧异，这个人为什么这样对孩子说话呢？

她还是个幼儿老师，怎么教孩子呢？这不是在刁难孩子吗？

下午我带小强去河边洗衣服，走在路上我说："小强，以后你要钱找你爸爸要。"

"爸爸没有钱，他说我要学习用具的钱找妈妈要。"

"嗯。"

"我给你 5 毛钱你去买本子吧。"

"好。"

我给了小强 5 毛钱，好心却惹了祸。晚上那女人跟大哥大吵大闹，说我逞能多管闲事，惯坏了小强！

之后她见我是怒形于色。

8 月 8 日上午，大强说："姑，我们去山上打松子吧。"

"好的。"我和大强小强，还带着那个小姑娘，开始上路。

我们上对面山上打松子，这个小女孩喊叫："小强过来！拣这边！小强过去拣那边！"全是呼来喝去。

打了一包松子，我们去到河里洗涮，在回家的路上，大强跑在前面，小女孩在后面催赶着小强："小强快跑！小强你跑快点！你这么磨叽！干什么都磨磨叽叽的！"

这小女孩对小强说话，带着数落和训斥。

小强在往前跑的过程中摔倒了，右腿膝盖蹭破了鸽子蛋大的一块皮，他痛得直哭。我心里也不舒服。

回家后，我用清水给小强擦了擦伤口边上的灰，他说："小姑，现在伤口不太疼了，但我的头疼。"

"刚才摔倒碰到头了吗？"

"是我爸打的时候会头疼。我写作业字没写好，我爸就用手敲我的头，算术题做错了，他会用拳头打我的头，有时还把我的头往墙上撞。"

我看小强在这个家里就是个受气包。

8 月 9 日上午 11 点半大哥回来了，他说："今下午有事，我要早走。"

"午饭我蒸好了米饭，再炒两个菜。"

"我吃点米饭、咸菜就行了。"

"炒菜也挺快的。"

我给大哥盛了一碗米饭，端出一小碟咸菜。他吃了临走时说："一会午餐她回来问时，就说我中午没有回来。"

"嗯。"

大哥出门走了。

午餐时，大嫂并没有问大哥是否回来过。

晚上 10 点后，大哥回来不久他们就开始争吵，传来大吼大叫的声音："小梅说你中午回来吃饭了！"

是东北女人的指责声，我惊讶于我并没有这样说过！

那晚他们吵到半夜，时断时续地争吵着。

不知道他们为什么争吵！

"我来大哥家是给他们帮倒忙吗？明天我走吧，离开这里。"

8 月 10 日早晨起来，大哥上班出门了，我提上水桶跟上他，说："大哥，今天我想回咸阳去！"

"嗯额。再住两天走吧。"

"我想和你说几句话！"

"行，晚上我下班后。"

晚餐后，孩子们出去玩了。

大哥说："你跟我出去吧。"

我跟着大哥走出门来到河边，沿着河岸向北走。

我说："大哥，昨天我没有给大嫂说中午你回家吃饭了。"

"嗯额，她这个人就是嘴里没几句实话。"

"每天晚上你们都争吵吗？"

"差不多吧！若不吵了，她就领上她丫头出走了。"

"为什么争吵呢？"

"我确实需要一个女人来料理家务，照顾孩子们的生活。我这个人好像没有女人缘，也不会哄女人，但女人一见我就愿意跟我。这两次婚姻都是闪婚，见一面就结婚。我非一见钟情，而这两个女人是见面熟的那种黏人，我遇到这两个女人都是笑面夜叉！"

稍停片刻。"日久见人心，了解人性需要时间。"大哥叹了一口气，"这个女的是大姐介绍的也就信任了，去年把她调过来安排工作，就准备好好过日子呗。二姐说：'你把你的工资都交给她管。'我也照着做了，可去年一年里，她管着家里经济生活，她高兴了给家里买点米面菜管管伙食；她一闹情绪，几天都不给家里买吃的东西，我身无分文，一连几天都是挨饿。后来我就留了 20 块钱。她一看给的钱少了就和我吵架，说我留私房钱在外面有女人了。在路上我不能跟女同事打招呼，被她瞅见了回来就损你：'长这样的也值得你稀罕？'"

大哥略停顿，说："她说大强很贼，又说小强很傻。我一听她说儿子不好，就来气呵斥她：'我儿子都是好儿子，他们还小要耐心教养。''狗改不了吃屎！'她不忿就发飙，能给你胡诌乱扯个不休。"

我讶异地看着大哥，听着他絮絮叨叨。

"唉！"

"她挑拨离间我们父子关系。在我跟前说儿子不好，在儿子跟前说我不好。她给两儿子说：'你爸很懒！抽烟喝酒不洗澡不换衣服！'针对平常的一句话、一件琐事，她都能无事生非地跟你吵闹不休。"

"我找她来是过日子的，把钱交给她是信任她，让她协助把生活过好，我去做更有价值的事情，而不是我再勤快点做家务！这个女人尖酸刻薄地贬损你，吵得人心神不宁、大失所望、心灰意冷，哪有兴趣做正经事情！"

"古人云：'财是养命之源。'在城镇生活，钱是生存的根本，谁掌握了你的经济，谁就掌握了你的生命。"

"今年我就不把工资交给她了，只给她一些日常生活开销费用，因此吵架就升级了，她经常要钱，给少了争吵，不给还上手打我，有时还拿着菜刀就上来了。"

"去年我留点钱去买了几张彩票，若中奖了三十、二十块的她都要，不给了就搜身掏你衣兜抢走。"

"要钱都不要脸了！睡一次要一次钱，多少都要，百八十块的要，三五十块的要，十块八块的要，没钱了要国库券。哼！我像是把婊子招进家了！"

"我没有自己的隐私空间，家里的衣柜箱子床下，她经常翻看。"

"我喜欢写作，常给日报社投稿，有几篇文章被刊登了，我挺有自信的，也觉得看到了希望。我有三个记事本，记满了写作素材，还有五本多年的日记，她从床下翻看到拿起就撕了，我气得瞋目切齿。"

"这个女人唇枪舌剑出口伤人，抓小辫子攻击你的弱点。顷刻间能把人逼疯，有一天晚上我独自走在路上都想撞死在车上，又想这样做会害了人家司机！"

"我一生没有遇见喜欢的女人！却碰到了两个假仁假义的极品女人。前任是无情无义、人面兽心，这个家伙是口蜜腹剑、惺惺作态。"

"唉！"大哥一声叹息。

夜幕已降临，四周远近的山峰像一幅抽象水墨画，小河哗哗的流水声悦耳动听。

我们沉默地走了一段沙石路，这个河滩石头多沙粒少，走着走着踩滑了会让人打个趔趄。

"如果跟这个女人过不下去了，两个姐会认为是我窝囊无能！我又会被她们指责数落！她们一味地讲大道理，偏听偏信一隅之说，她们很强势，对自己人凶得很！唉！我是包容忍让不想说。"

我看着大哥一脸忧郁，如日坐愁城。

1984年8月11日周六早晨，我离开了金堆城。

回到咸阳，我把在大哥家看到的情况给大姐和二姐说了。

大姐说："咱大兄弟就笨得狠，女人要哄着过日子呢！"

二姐说："人不可貌相。这女人会说话会唱歌，看上去挺和善、挺懂道理的。"

大姐和二姐商量了10多天说："把两个侄子接到咸阳来上学，他俩能过就过，不能过就算了。"

1984年8月25日周六早晨，我出发去华县金堆城，下午3点半后到大哥家。

这次来大哥家，屋门外放了一个白色新洗衣机，这个家电看上去很高档。大哥说这是刚买的日本东芝双缸洗衣机，花了800多块钱。

我对大哥说了大姐和二姐的意愿，大哥也同意让两儿子去咸阳上学。

我给两个侄子说了让他们去咸阳上学，他俩高兴得欢呼雀跃，我也就着手收拾侄子们要带走的衣物。

那天晚上大哥和大嫂争吵到后半夜，那女人暴跳如雷，吼得很厉害。

第二天早晨，我正在院子厨房做早餐，大嫂对我怒目而视并指着我大肆咆哮："你走！你走！快离开这里！二十八九、三十岁的老姑娘嫁不出去，跑到这来搅和！滚！滚！滚！"

她怒吼着拿起锤子"咣咣咣""咣咣咣"地把新洗衣机砸碎了。

她暴怒地砸了洗衣机，把锤子扔到栅栏院墙外，怒气冲冲地走出院子大声喊叫："都来看啊！二十八九、三十岁的老姑娘嫁不出去，跑到这来搅和！都来看啊！二十八九、三十岁的老姑娘嫁不出去，跑到这来搅和！……"她悍妇骂街似的一边走一边喊，逐渐远去。

那个女孩跑出去追她妈去了。

随后大哥也垂头丧气地出去了。

面对这个丧心病狂的女人的号叫，我隐忍不发！

我心愤懑——没有嫁人也是罪过吗？

这一天我和两个侄子在家，我给他俩做饭吃，下午我把他们的脏衣服拿到河里去洗了。

这一天两个侄子也无精打采、怏怏不乐地陪着我。

到了晚上 8 点后大哥没有回家，我踟蹰不安地等候。晚上 10 点，他还没有回家。

两个侄子没有睡觉，他们默默地坐在我跟前悬悬而望，两双水汪汪的大眼睛看着我，他们亮晶晶、单纯清澈的眼神充满了希望之光！

大侄子若有所思、机灵地说："小姑，明天凌晨我们起来悄悄地走到车站，我们乘坐第一趟大客车出山离开。"

"好的。等你爸爸回来，我们得听你爸爸的安排。现在你们去睡觉吧。"

那一夜大哥没有回来，第二天早晨他回来了，说："小梅，你先走吧，这次大强、小强先不跟你走。"

1984 年 8 月 27 日上午 9 点，我包羞忍辱、爱莫能助地离开了金堆城。

我没有带走两个侄子，让他们失望了。他们明亮的眼睛、灵气四射的目光留在了我的心里。

我没有带走两个侄子，不仅是因为世事无常人心莫测，还因为那时我没有钱给他们买车票。

　　这次金堆城之行令我想到了——

　　仅凭着爱和贫穷的善良是无法战胜邪恶势力的？

　　必须要有物资和金钱的实力才能做帮助他人的好事！

　　十年后——

　　1994 年我把两侄子带到河北石家庄。

　　1983 年 7 月，我和母亲的户口迁回咸阳市。我还是想上学读书，1984 年 7 月我参加了高考，以我的高考成绩只能上大专，我又不想读大专。

　　金堆城遭遇转变了我的思维，我要找工作挣钱自食其力。

　　2021 年 1 月 11 日周一下午 3 点，我和洵美继续在南阳台聊天。

　　1985 年我应聘到咸阳市新华书店工作，开启了我的人生新篇章。

咸阳新华书店

新华书店

我刚到书店时，分到新华书店人民路门市部，在少儿组当营业员。每天要看少儿读物类的书，了解书的内容，把书介绍给少儿读者及家长。

少儿组有 3 个师傅，都是 40 多岁的妇女，每天我们是上午、下午倒班上，我轮流和三个师傅一组值班。

师傅一，她高个子，肤白眼大，笑容可掬，她给我说她的故事，她有三个孩子，大的是女儿，下面是两个儿子。那年生下大女儿，第二天她丈夫来医院看她，见面第一句话说："你生个娃也不会生，生个女子。"后来生了大儿子，他见面就说："一听说你生了个儿子，我走路脚后跟都有劲了。"

师傅二，她个子中等微胖，浓眉大眼，她说话带笑，她说："我年轻时那会兴跳交际舞，下班后我就去学跳舞，有一天晚上回家老公扇了我两耳光，停了一段时间我没去，那个舞蹈老师经常叫我，我又去了几次，这回又被老公打了一顿。以后就不敢再去了。"

我惊讶地看着她。"什么时代了男人还敢打女人？"

她笑着说："你不知道这男人，吃醋心很重的。他不许你接近别的男人。"

师傅三，她人瘦高，脸上有暗斑，常常唉声叹气。她郁闷地说："我 20 岁结婚，结婚第二天，新郎就走了，说他部队有事叫他，他是在新疆部队服役。他这一走就 8 年没回来过。我就在家跟他父母一起生活干农家活。8 年后我去新疆部队找他，我问他：'为什么 8 年你不回家？'他说忙！其实，我感觉人家看不上我。那时我要是不去找他，我俩就没戏了。我这一生是不愉快的，女人要找一个爱自己的男人。你爱人家，人家不爱你，你就是生儿育女，每天尽心尽力伺候他也不行。"

少儿组的师傅给我介绍对象说："书店批发组某师傅的儿子去年大学毕业了，介绍给你吧，她儿子长得挺帅的，在银行工作。"

"我要找年龄大点的。"

"找年龄大的，大多少岁？"

"大个 10 岁 8 岁的都行。"我微笑着说。

"现在都是你们 20 来岁这么大的找对象，那么大年龄的男子早结婚了。"

"我们跟前像样的 25 岁未婚的男子都少有了。"

"哦。"

我才知道我已经超过了选对象的年龄！

我在少儿组工作一年，把少儿读物看完了。在这看了《安徒生童话》《格林童话》，童话里多是王子与公主的小故事。

"王子"与"公主"，成了现代家长对孩子的称呼。

新华书店续

1986 年初，我被调到了文学艺术组，在这里我读了一些世界名著，对人间社会才有所了解。

在文艺组的工作和少儿组不一样，少儿组是封闭柜台式的销售，文艺组是开放式的，顾客在书架上自己找书看书，买书的顾客交过钱离开，刚去时我的工作是把守出入口，对买书出去的顾客查看一下是否交过钱了。

80 年代来书店买书的顾客很多，从早晨开门到下午闭店，书店里人来人往，有的顾客就在书店里待着看书，一上午一下午地看，人们酷爱读书，书店真是生气勃勃的地方。

我刚上岗时，不好意思查看顾客拿的书，想着怀疑人家偷书是鄙视人。有一个顾客把文艺组的书拿到了社科组，那社科组的店员喊叫："文艺组你们的书被拿到我们这边了！"

我的警觉才开始，一个一个地查验缴费书章。

这样开架售书，丢书比较多，尤其文艺组的书，有趣易懂，顾客比较喜欢，每个月下来都盘亏很多。后半年书店改成了柜台封闭式售书。

我还是在文艺组。

柜台封闭售书后，有两个青年经常下午来看书。这两个青年大约 30 岁，一个是城市青年，一个是农村青年。这个城市青年看上去也不像本地人，说着普通话。柜组的师傅认识他们，说他们常年来看书，就让他们进柜组翻阅书画集。随后我和他们也就熟悉了。

两个月后的一天下午，我来上班，那两个青年也在柜组看书，师傅说："这两人在二印厂上班，干的是图案设计工作，这个小伙没对象，你们新来的谁给他介绍一个。"她说的是那个农村青年。"他也没对象。"那个农村青年指着那个城市青年说。那个城市青年看着我笑了一下。

这个人是学者形象，老成持重，不苟言笑，每次他来书店能在柜组待一两个小时。

后来知道他叫闻悦，若他来了碰见我上班，他会和我说一两句话，他说他是某某美术学院毕业的。

我在书店上班，和我常接触的有三五个顾客。

其中有一个约30岁的青年顾客，他说他是一个作者，有作品发表到某某杂志了，现在正写一本书，出版社让他送稿件，但还有一些没写完，他忙着写作，让我帮他抄写书稿。我说："我写字比较少，写的字是小学生的字。"

"那样的字更好，小学生的字好认，写得潦草的人家还不认识。"

"你帮我抄写好吗？"

"可以的。"

第二天，他拿来了一本稿子和两本稿纸给我。

"我写的书，现在人们看不懂，要到50年后人们才能看懂。"他一本正经地说。

我在想，这个人这么有远见啊？

"中国屈原，我们端午节纪念的爱国诗人屈原。

"屈原（前340—前278年），战国时期楚国人，是中国最早的浪漫主义诗人，中国文学史上第一位留下姓名的伟大爱国诗人。他的出现，标志着中国诗歌进入一个由集体歌唱到个人独唱的新时代。他创立了楚辞，也开创了'香草美人'的传统。1953年是屈原逝世2230周年，世界和平理事会通过决议确定屈原为世界四大文化名人之一。

"还有唐代大诗人杜甫。

"诗圣杜甫一生坎坷，生前并没有什么大的名声。杜甫的诗圣之名，来自他死后的历代读者。1962 年，杜甫诞生一千二百五十周年，诗人被列为世界文化名人来纪念。

"你看那个大画家凡·高，当代人根本不知道他，等他去世了人们才知道他的画很好。凡·高，一个一生中只卖出过一件画作的画家的名字，现在竟然是艺术的代名词。凡·高创作了 2100 多部作品，其中有 860 幅油画。凡·高去世时年仅 37 岁，但毫无疑问，世界失去了一位伟大的艺术家。

"还有安徒生，生前并不出名，他后来到了首都哥本哈根，写童话，还写了不少其他的作品，同时还爱剪纸，他死后他的作品才开始出名，结果他死了18 年以后，奥登塞的市民们你一元我几块地捐钱在市中心的公园里为他铸了一尊铜像，上面只写了一行字：'他出生在这里。'"

这个人每次来书店都和我聊聊作品。

我把他的书稿拿回家帮他抄写，没准以后他是个大作家呢！

我抄写了 10 天完成了，我把稿件给了他。

"谢谢你！你帮我了一个大忙。"他说。

但我没问他叫什么名字。

不知道他后来出名了没有。

还有一个顾客，男，40 来岁，中等个子，他穿一件卡其色风衣、流行的牛仔裤，戴着一顶宽檐礼帽，他家是在北塬上住，他经常来给我说，他生产的什么东西销量很好，年收益上百万元，电视台都曾报道他的事迹，什么时间我可以到他那参观参观。

师傅说："他已不是万元户，他是百万元户。"

"哦！那是百万富翁！"

我看着眼前这个百万富翁跟常人没什么区别。

在书上看到百万富翁这个词，就令人羡慕。

还有一位是 50 来岁的戏剧作家，他有出版的作品，他拿出书来让我看。

"什么是戏剧？"

他说："戏剧是由演员扮演人物，当着观众的面表演故事的艺术。戏剧还分喜剧、悲剧。"

"嗯嗯。"

师傅问他："你家过的生活是不是跟戏剧一样美好？"

"哪有啊？跟平常人家一样。"

"你可以用戏剧调节着过日子？"

"谈何容易！我老婆是村里的，只会生孩子做家常饭。"

"想着你们作家的生活比老百姓浪漫得多……"

"作家是在寂寞中写作，向往美好的未来！"

书店是一个骚人墨客聚集地，有一天来了一老一少的师徒二人。那个师傅留长胡须，有 50 岁左右。他们在书店翻了翻书待了会，他们临走时，那个师傅站在我跟前说："你将来是个名人，我是皮纹学研究协会的，我给你提示一下。"

我听了很平静，那时我不知道什么是名人。

还有一位是群众艺术馆的青年画家，他约 35 岁，个子不高人消瘦，但他看上去很精明。他也是三天两头来书店，他说他带着几个学生练书法。我说："我也跟你学书法吧。"

"行。你来吧。"

群众艺术馆就在我们书店旁的北边，每天下班了我去他那学书法，他住在三楼南边，有两间房子，一间是他家，住着他老婆和女儿；一间是画室，里面有一个大写字台，笔墨宣纸都有。

师娘很漂亮，她是古典型美女，个子高挑，看上去比老师还高。我在想，画家就是会审美，找了个大美女老婆。

我去他那学书法有一个来月，有一天师娘泪眼婆婆对我说："我们要离婚了。"

"啊？为什么？"

"我是户县的，那年高中毕业，在地里碰见他到我们村写生，他看上我了就追我，我跟他结婚到了咸阳，女儿 5 岁了，现在过不下去了，赶我回户县去。"她说着就流泪。

第二天，书法老师来书店，我见了他问："前天师娘不高兴了，说你要赶她走？"老师没有言语。

"这么漂亮的女人丢了多可惜呀！"

"红楼梦大观园里的女的哪个不漂亮？一天吵吵闹闹、哭哭啼啼的谁受得了？"老师说。

后来我去练书法，没有再见过师娘和她的小女儿。

看来漂亮的女人也不一定能保住自己的婚姻家庭。

后来我结婚生孩子，两年没有去练书法。上班后，有一天书法老师来书店见到我问："你来上班了？"

"是的。"

"你还写字吗？"

"写不了了，有了儿子后我都忙晕了。"

"哦。你不写字了，就来把你的笔拿走吧，下个月我去北京进修。"

"行。我明天上午去吧。"

第二天上午9点半，我对师傅说了一声："我出去一下。"

我去了群众艺术馆，书法老师在，我拿上了我的毛笔。老师："我走了。"

他看着我诚恳地低声说："让我亲你一下。"

我一下愣住了，不知道如何是好。

他轻轻地亲了一下我的右脸颊。

我走出了他的画室，快步地离开群众艺术馆。

之后没有再见过他。

一路上我寻思：我已经结过婚了。要维护丈夫的尊严，这是做妻子的责任。

闻　悦

1987年的4月中旬，有一天下午下班时，闻悦问："你家住哪？"

"我家在北大街路东法院街。"

"我和你同方向，我们一起走。"

"行。"

我骑着车子回家，闻悦也骑着车子跟着我，到了法院街我家大门口，我停下车子，他也停下车子说："你家住在这吗？"

"嗯。你怎么跟我来了。"

"我看看你家住在哪。"他微笑着说。

那时，闻悦在我上下午班的时候会来书店，他在柜组里看书，时不时地他会看我一眼，有时候他会凝眸地看着我，看我在柜台前忙着为顾客取书、售书。

有一本顾客要的书在他面前的书架上，我去取书时碰到了他的手，忽然像触电了一样，一丝酥麻感觉穿过我的臂膀。

"哎哟，这个人怎么还带电呢？"我心想。

"抱歉！"我们相视一笑，他明亮的眼睛放着光彩。

送走了顾客，我问他："你每天都要来书店看书吗？"

"哦。看书，更需要看人。"

"看人？"

"是。看喜欢的人。"他微笑着说。

"哦。每天这么多读者有你喜欢的人吗？"

"喜欢的人在眼前。"他的眼睛盯着我。

1987年5月，闻悦还是常到书店来，他说："书店是开卷有益、舒适安静的地方，多读书能让人知识丰富、博古通今。"

师傅说："有的人十几年都经常来书店的。"

1987年6月，闻悦依然是常来书店，有一天下午我上班时，他说："你像画中人，面似芙蓉出水，腰如弱柳扶风。"

我嫣然一笑，瞟了他一眼，没言语。

"你优雅修长，身姿曼妙。"他面带一丝微笑地说，他眼里泛着爱意。

1987年7月，书店好像是闻悦的休闲场所，我上班时他都会来。

有一天他问我："你喜欢看爱情故事吗？"

"嗯。"

"你看过什么故事？"

"梁山伯与祝英台、牛郎织女。"

"嗯。这是古代民间爱情故事。还有世界经典爱情故事，罗密欧与朱丽叶、罗伊和马拉。"

"哦。我还没看过。"

"罗伊和马拉的爱情，是一见钟情，他们的爱是天长地久，罗伊和马拉在桥头相遇的一瞬，伟大的爱情就开始了。他们在前往教堂结婚的路上，才互相问了对方的名字。"

"哦。"

我在想："什么是爱情？爱情就是不管对方是谁，只要爱上就行？"

根

1987年7月8日（阴历六月十三），那天是周三，我上上午班。晚上9点后闻悦来我家找我，他说："你跟我去趟二印，看看我们的新作品。"

"这么晚啦，明天再去吧。"

"我是晚上创作，夜里思路比较清晰。"

"晚上我一般不出门。"

"苏倩也去，小蒋去叫她了。"

"好吧。"

我骑上车子跟他去了二印，进了厂大门，他领我向东来到一个单身公寓宿舍。我们上了三楼，打开门进去，这个房间有两张单人床、一张桌椅。桌子和地上摆了一些画册和笔、墨。

屋子小而光线昏暗。

他说："你坐下，这个是我的床。"他指了一下靠近门口的那个床。

"苏倩她还没过来吗？"

"等等，她会来的，她和小蒋好上了，她常来找小蒋。"

"哦。"我感到惊讶，苏倩怎么会看上小蒋呢？

和我一起来书店工作的苏倩，曾给我说过她只是跟他（小蒋）随便聊聊。

我坐在床边，闻悦坐在那张椅子上，他笑眯眯地坐在我对面。

"你带我来看什么作品呢？"

"我们设计的图案。"

"我能看懂你们的图案？"

"你每天看画册，你会看出美不美的。"

"嗯嗯。"

"画被雅称为'无声诗'。古人认为画虽不能吟，但有诗意。故称为无声诗。"

"你是学文学的？"

"我是美术专业的，只是这方面懂点。我喜欢美的东西。"

"人都喜欢美的东西。"我莞尔一笑看着他说。

"我更喜欢美人。"

说着他就拉起我的手温情地说："你很美，你知道吗？"

"哦!"我摇摇头。

"你清新单纯,每次见你都心动不已。"他凝视着我说。

我腼腆地站起来,他起身拥抱我说:"想你好久了!"。

"他们一会就进来了。"我推着他说。

我推开他说:"我回去了。"

"一会我送你走。"

"抱歉!抱歉!"

"嗯嗯。"

"我会玩魔术,要不要看看?"

"什么魔术?"

"我有一种透视能力。"

"什么透视能力?"

"就是社会上说的特异功能。"

"哦!"

"你在纸上写字,把纸折起来,我能看出你写的是什么字。"

"啊!是吗?"

"你写吧,我来认。"

"那你不能看我写的什么字。"

"我背过身去。"

我想了想,用铅笔写了一个"魂"字,把纸折成小球给他。

他用手揉了揉纸团,在房间来回走了几步。

他说是"魂"。

他把纸球给了我,我打开给他看

"哇塞!你好神奇啊!"我很惊讶地看着他,兴奋地说。

他又拥抱我,他紧紧地搂住我说:"我很爱你!"他亲吻我,亲吻我……

我们吻了好长时间。他抱起我往床上放,我用力推开他站了起来说:"我要回去了。"

"别怕!别拍!我情不自禁吓着你了吧。"

"嗯嗯,有点。"

我快步走到门口,开了门出去了。

"等等，我送你回去，这么晚了你一个人走，我怎么放心呢？"

这时大约半夜 12 点了，街道上没有什么行人。

我骑着车子回家，闻悦骑车跟着我。到了法院街我家大门口，我们停下来，他说："我去你房间坐一会。"

"太晚了，已经半夜了。"

"没事，我只坐一会儿。"

"在我房间不能说话，我房间的墙薄仅一砖厚，窗户又大又低，现在夜深人静的，一说话外面就听到了。"

"嗯。我不说话的。"他微笑着说。

我领他悄悄地进我房间，一关上门，他就从我身后抱住了我，他的力气很大，不知道为什么忽然我浑身瘫软，动弹不得，那晚我失身了。

"我会娶你的！"他临走时在我耳边说，"我会娶你的！"

1987 年 7 月 9 日周四，凌晨我醒来，我在想昨晚发生的事，他好胆大啊！但我感觉在这个世界上得到了一个人，我痴迷在恋爱的甜蜜中。

当天我上下午班，大约 16 点闻悦神色自若地来书店了，他面带喜悦地看了我一眼，我羞涩地低下了头。

他说："晚上我去找你。"说完他就去那边看书了，他时不时地望着我。

他身材伟岸，着装时尚，风流潇洒。他充满爱的眼神让人心跳不已。

他也是个帅哥哦！

晚上 8 点半后，闻悦来我家坐在椅子上，他欣喜地看着我说："去年第一次见你，就见你气质清纯、轻声细语。你冰肌玉肤，你三围曲线也很美，你的腿长而直。"

那时我穿的是裙子，他说着就抚摸我的腿。

"清眸流盼气若幽兰。怎么越看你越美呢？让人爱意汹涌！"

我媚眼看他，听他说笑而不语。

"你知道你很美吗？"

"不知道，但感到有好多帅哥喜欢我。"

"有谁捷足先登了？"他以喜愠的眼神看着我，轻声问。

我娇嗔满面地去拧他的脸，他把我紧紧地抱在怀里亲吻……亲吻……亲吻……

那是爱情最甜蜜的一刻，
是世间最温馨的幸福时光！

他炽热的爱在我心底流淌，
融化了冰川冷冻着的我。
爱的力量借爱神的翅膀，
两颗心在一起飞向天空翱翔。

阳光蓝天彩云飞，
山脉江河大海笑。

我们自由自在地飞翔！

瞭望太空银河星光闪闪。
俯瞰神州大地江山如画，
城市像手中的魔方灯火辉煌，
条条大路似火龙奔向四面八方。

散落在城乡山间的小村庄，
像停飞的航班随时准备启航。

人间社会生生不息生机勃勃，
城市让人们生活更加美好！

我们自由自在地飞翔着飞翔，
飞向爱的永恒飞向爱的天堂！

比翼双飞风月常新今日始，
天长地久人间仙境是良宵！

　　白天我上下午班时，闻悦下班来书店陪我到下班。我上上午班时，晚上他会来我家。书店是我们眉目传情、心心相印的场所，我的小屋是我们柔情蜜意、相爱的鸟巢。

　　就这样桃花流水、卿卿我我地度过了一个来月。

　　1987 年 8 月中旬，有一天清晨起床，忽然我感到恶心，胸口有一股强烈的气息往上冲。我想是不是我吃了什么不合适的东西。第二天清晨起来还是这样的反胃干呕。

　　第三天早晨起来依然是恶心想吐，晚上见到闻悦，突然也有一点干呕，他问我："你不舒服吗？"

　　"嗯。可能这两天胃不舒服，早晨起来有点想吐。"

　　他凝目注视着我说："你会不会怀孕了？"

　　"啊！"

　　他这么说吓得我大吃一惊，脑子一片空白。

　　他抱住我低声说："明天你先去医院检查一下，如果是怀孕了就先做掉吧。"

　　"我没有去过医院。"

　　"到中医院，离你书店不远。"

　　"嗯嗯。明天中午下班后我去医院检查。"

　　"你检查完了就来找我。我想知道结果？"

　　"去哪找你？"

　　"明天下午 3 点我提前出来在二印宿舍等你。"

　　当晚我诚惶诚恐、夜不能寐。

人　流

　　第二天下午 2 点，我下班后去了中医院妇科，做了个 B 超检查，检查报告单出来了，结果是怀孕 40 天了。

　　我在想，怎么怀孕了呢？怀孕怎么会这么容易？难怪女人生那么多孩子！

　　走出医院我去了二印，到了闻悦宿舍，他在那里等我。

他一见我就问："你怎么样？"

我给他看了 B 超报告单。他皱着眉头说："嗯，你是怀孕了。"

我没有言语。

他拥抱了我好长时间低声说："明天你去医院打胎吧。"

"嗯嗯。"

"我到月底才能开工资，但你不能等了，再大就做不了了。"

我明白他的意思，他没有钱给我做手术。

"哦哦。明天我去医院吧。"

他拥抱我，亲吻我……亲吻我……

"我回书店一下，给师傅请个假，说明天不上班了。"

"你要休息一周时间。"

"请那么多天的假，人家会怀疑我的。"

他讪然一笑，我感到他忧心忡忡。

我在那待了会就走了。这个公寓楼比较陈旧，走廊的墙和楼梯脱漆掉皮，杂物乱堆，不干净。

那时我被突如其来的怀孕吓傻了，他说什么我就听什么。

第二天上午 8 点，我骑车子去了中医院，在妇产科办理了人流手术缴费手续，在手术室外等候，前面有几个妇女在做人流，她们出来时有丈夫或家人陪护，有的妇女从手术室出来，看着脸色苍白虚弱无力，她自己也哼哼呀呀地呻吟，痛得难受。

大约 10 点半，轮到我了，我进了手术室，躺在手术床上。医生问我："你的胚胎长得挺好的，为什么不生呢？"

我沉默了一会，不知道该怎么回答。

医生说："你想一下，做还是不做？"

稍停片刻，我说："医生，做吧。我还没有准备好生孩子呢！"

"开始做了。"

"嗯。"

"你丈夫在哪呢？"

"他在外地工作。"

医生开始做手术，由于打了麻药，手术中不太疼。但我害怕得浑身紧张。

医生对护士说："这人易出血，先给她止血。"

"有人陪你来吗？"医生问。

"没有。"

"你家人可真放心。"

"手术做完了，一会你在外面休息一会再走。"

"嗯。"

手术做完了，护士说："你看一下，刮干净了。"

我看见一个大玻璃瓶子有多半瓶血水。

我走出手术室，在外面凳子上坐了一会，由于出血多我有点头晕。后来我在长凳上躺了好长时间，到12点多医生们下班走了，我才离开中医院，骑车子自己回家了。

下午我就一直在床上躺着。

我妈看见我了问："小梅，你的嘴唇怎么青得发紫呢？"

"哦。我有点头晕。躺一会就好了。"

那晚夜幕降临天黑后，闻悦来看我了，他胳膊抱着两个玻璃瓶水果罐头进来。

"你感觉怎样？"

"医生说我出血比较多，术后感到头晕。"

"让你受苦了。"他说着就坐我身旁抱住我，我依偎在他宽阔的胸前。

医生说："胚胎很好为什么要做呢？"

"那一定是个男孩！"他惋惜地说。

"如果是个男孩，生出来和你长得一样帅哦！"我眼里含着泪，抚摸着他饱满厚实的胸肌。

"我们什么时候结婚呢？"我悄声细语地问。

"等我妈回来我和她商量一下，她去照顾我姥爷了，我姥爷在外地生病住院了。"

"等你养好了过段时间我们再谈这事好吗。"

"嗯嗯。"

"每天你要喝新烧的开水。"

"哦哦。"

他抱着我坐床边很久，我们默默无语。他的爱为我疗伤！

第二天早上，我去书店上班了。一路上，行人匆匆忙忙，书店环境一切照旧，而我却很快遭遇了一场磨难。

这一周每天晚上，闻悦都来我家看我陪我，他的爱似人间五月天，我们脉脉两相看，度过了一个个情意绵绵的夜晚。

他的爱令我飘飘然，他拉着我的手好像在天上飞，我们欢乐地笑着飞着，我们在一起享受碧空万里、风和日丽，无惧烈日，无惧风雨，直面过去，迎接未来！

他拉着我的手飞呀飞，飞向我们的新家！

我的新家

我的新家在新城，门前大道宽又平，
碧水青山绕庭院，鸟语花香总宜人。

新家一万平，层层风俗各千秋，
世界风光收眼底，盛行中国风。

新家新气象，和颜悦色爱共永。
儿女欢乐笑，里仁为美四邻睦。

小儿清晨读书声，父爱无言放光明，
母亲三餐上佳肴，全家美味口福享。

轿车飞机家门起，一天能做七天事，
发家致富国之娇，实业创新生产力。

城市地铁连高铁，高铁通航空，
世界各地任尔行，商务全球通。

我的新家在新城，亲朋好友来相聚，

话说当下聊前景，情感人生有差异。

倾听倾诉常沟通，人间处处生友情，

近人和人包容人，人杰地灵千古颂！

我的新家在新城，人美家美心情美。

家和万事兴！

1987年8月30日周日，阴历七月初七，晚上9点后闻悦来我家，他笑吟吟地说："今天是七夕节。"

"嗯嗯。"

牛郎织女是神话中的人物。织女是天帝的孙女，与牛郎结合后，不再给天帝织云锦，天帝用天河将他们隔开，只准他们每年农历七月七日相会一次。相会时喜鹊在银河上给他们搭的桥，称为鹊桥。

"古人把爱情都道尽了，我们只有体会了。"

"嗯嗯。"

"今天七夕夜，牛郎会织女。"

"哦。有电影《天仙配》。"

"我也要赶过来，鹊桥相会！"他迷人的眼神，让人心神荡漾。

今夜爱在天上人间，牛郎织女陪我们度过一个情深深意浓浓的七夕节。

白天闻悦会来书店，他给我讲书画作家的画作，共同欣赏名画风格。晚上他来我家，我们耳鬓厮磨、柔情似水地度良宵。

这一个月，闻悦的温柔体贴，我们在眉来眼去、风情月思中度光阴。

我对他的爱恋越来越深了，他是那样让我爱、让我神往！

我好像离不开他了。

我不知道爱情是什么，也许这就是爱情吧！

9月末的一天，夜幕降临，刮起了大风，天空乌云密布，接着电闪雷鸣，外面下起了大雨，雨越下越大，下了有半个时辰，雨停了，街道被雨水冲洗得干干净净，空气也格外新鲜。

晚上闻悦来我家时，已是夜深了。他笑着说："雨下得好大，路面积水成溪流，骑车子淌水好有景致。"

说着他拥抱我："和你在一起风雨无阻。"

"如果我们结婚了，你就不用这么辛苦地来看我了。"

"嗯。一日不见，如隔三秋。"

"哦。有吗?"我用媚眼看他。

"娶我回家，我会为你做饭、洗衣、打扫房间的。"

"我也想啊! 和你在一起悠然自得。愿一生相守!"

他的脸贴我脸颊，把我搂得很紧，时间好像静止了。

"给我半年时间，我正在办离婚。"他声音低沉地说。

"你说什么?"我惊异地看着他。

我使劲推开他，我们相视无语良久。

"你正在办离婚?"

"嗯。还有个婴儿。"他说。

"为什么我刚知道?"

我瞬间泪奔，泪流满面。

他又抱住我，我在他怀里泫然欲泣，默默无语。

"我很爱你，一见钟情，只是在婚前没有遇见你。"

"我爱你，是因为我喜欢与你在一起时的感觉。"

我爱你，不是因为你是一个怎样的人，而是因为我喜欢与你在一起时的感觉。

接下来这半年，我都不知道该怎么过了!

白天闻悦下班后照样来书店，他见了我粲然一笑，像没事一样，我却心慌意乱、烟视媚行。公众场合我避免和他多接触。

我真的好困惑，为什么会掉入爱的陷阱? 他在我跟前真真切切，却要以保持距离来掩饰。

我该怎么办呢?

我上上午班时，晚上他还是来我家。

中秋赏月

1987年10月7日，阴历八月十五日，中秋节之夜。

晚上9点多后，闻悦来我家说："今天中秋节，我们去赏月吧。一年逢好夜，万里见明时。"

"这么晚了去哪赏月？"

"渭河边。"

我们到了渭河边，他拉着我的手走在渭河滩上，渭河两岸一望无际、空旷无人，一轮明月悬苍穹，又高远又在眼前。

"第一次看见这么美的明月，圆月像大玉盘，上面还有图案。"我说。

"据说是嫦娥奔月图。你听过嫦娥奔月嘛？"

"没有听过。"

"嫦娥奔月是神话故事，后羿是嫦娥的丈夫，后羿从西王母处请来不死之药，逢蒙听说后前去偷窃，偷窃不成就要加害嫦娥。情急之下，嫦娥吞下不死药飞到了天上。由于不忍心离开后羿，嫦娥滞留在月亮广寒宫。广寒宫里寂寥难耐，于是就催促吴刚砍伐桂树，让玉兔捣药，想配成飞升之药，好早日回到人间与后羿团聚。"

"哦。是一个爱情神话。"

"呵呵。有爱情的人都是神话！"他说着搂着我的肩走，我们一直向西走，随后再转身向东走，就这样来来回回在沙滩上慢慢地走。渭河滩是泥沙滩，脚踩上去软绵绵的，我们并肩走着像走红地毯，有他在身边陪伴喜不自胜，情深意笃。

月光挥洒在渭河水面，波光粼粼，渭水似万顷金箔哗哗东流去。

"渭水西来直"，渭水暖洋洋。

我们漫步在中秋夜的渭水边，感受着浪漫气息。

"夜深起风了，感到凉飕飕的。我们回去吗？"我说。

"你走累了吗？"

"有点。我不善于熬夜。"

"休息一会，找个能坐的地方。"

在离水岸远点的地方，有一片乱石堆，闻悦找了一块大石块坐下，他拉我坐他腿上："这样你会舒服些。"

"呵。还有你温暖的胸怀。"

他搂住我，我们抬头望明月。

"今晚月亮分外明，月亮原来这么美！"我说。

"哦。为什么呢？"

"以前没有仔细看过月亮，也不知道赏月的意思。"

"大自然很美的，三山五岳，还有大江大河，就是让我们人类来欣赏的。"

"哦。你有好多见识。"

"我学美术专业，美感较强，喜欢大自然。将来我带你去游山玩水。"

"好啊！还要领上我们的儿子！"

"哈哈！把你们都带上"

"将来你想成为画家吗？"

"当然想啊！"

"那现在我就和未来的大画家在一起了？"

"哈哈！"他开心地笑了。

我们望着明月静静坐着。爱在我们心中燃烧，对未来充满了希望！

渭水哗哗流声响，秋风轻轻吹尘起。

"月亮已当空照了，深更半夜了。"我说。

"和你在一起时间总是过得很快。"

"是爱的时速？"

"能把你随身携带就好了。"

"你能带上我的心！"

"我的心在你这呢！"

"哈哈，哈哈！"我俩相视而笑并亲吻。

月光下香吻，花好月圆夜。情定渭水泮，水流情长在。

"愿我如星君如月，夜夜流光相皎洁。"

"'月出皎兮，佼人僚兮。'爱江山我更爱美人！"说着他紧紧抱住我。

"时代进步了，进步在情人不像古人那么相思苦，我们想见就见，想爱就爱！"

我们望着明月静静地坐着。爱在我们心中流淌！心中充满希望！

亘古星月当空照耀，上善渭水川流不息。

城市静夜注目着一对相爱新人！

到了1987年12月年底时，书店很忙，要促销年画挂历。寒冬腊月我们每天要到店门外摆摊销售年画挂历。

1988年过元旦，过春节。时光荏苒，岁月静好。

数九寒天，闻悦依然是下班来书店，晚上来我家，遇到风雪天气，晚上他会陪我到半夜，隆冬腊月天我住的小屋还是很冷的。

"我的房间很冷吧？"

"我就像那冬天里的一把火，能带给你温暖。"

"你是冬日的阳光！"

"你感觉一下。"他把我的手放在他的胸口。

"你的阳刚之气，'祁寒酷暑不稍间'。"

严冬过后迎来阳春三月天，有一天我上下午班，闻悦上午来我家，他说："我出来在附近办点事，就顺便来看看你。"

"白天你很少来我家的。"

"白天主要是工作时间。"

他在我房间待了约半小时后就出去了。

母亲站在院子里看见他从我房间走出去了，她问我："这个人是干什么的？"

"他在二印做设计师。"

"设计师是干什么的？"

"就是给布匹表面设计图案。每批布上的花样图案，他们先设计好再印在布匹上。"

"一天就在布上画些小花花，那有什么出息！"

母亲说完转身走了。

我在想，一个男子要怎样才算有出息呢？

渭水东流去

1988 年 4 月清明过后，春意盎然，生机无限。

那晚 9 点后闻悦来我家说："春天来了，我们出去转转吧。"

我们又到渭河边，渭河冬天结的冰凌已融化，渭水涌动波浪宽，滔滔汩汩向东流。

四月天气和且清，大河两岸无人游。

他拉着我的手，我们沿着渭河滩向西走，感到天地一片春。

我们从东走到西，又从西走向东，就这样来回走着，感受着吹面不寒杨柳风，河滩上的泥沙软绵绵的，像红地毯，伴随着渭水绵延向远方。

"'无端天与娉婷。夜月一帘幽梦，春风十里柔情。'我们是唐诗的写照。"

"嗯。是呢。和你在一起如沐春风，我们什么时候结婚呢？"我娇怯地问。

"哦。"他拉着我，我们走向岸边的石头堆，他还是坐在那块大石头上。

"来坐我腿上。"

"我坐这吧。"我挨着他坐。

待了一会，他又抱起我坐他怀里，说："地上还是挺凉的。"

"愿为西南风，长逝入君怀。"

他又紧紧地搂住我。

我们沉默了良久。

"你再等我半年。"

"这是四月天，已经过了半年？"

"哦。"他沉默了一会说。

"我母亲说，要离婚我家得把孩子留下。孩子不到一岁法院不给判。"

"所以还要等半年？"

"我们结婚了要养育这个孩子。这是眼前的现实问题，你会接受吗？"

他说的话使我如梦初醒，愕然无语。

近日我一直思考眼下这几个问题：

一是现在才恍然大悟我和一位已婚男在交往。他爱我，他能保护我吗？我随时可能被他人羞辱和误伤，深感惊恐。

二是我能带这个孩子吗？昼思夜想寝食难安，思来想去感觉我带不了，这么小的孩子离不开他的妈妈，要由他的妈妈亲自来养育。这个孩子的问题像超强旋风引起的巨浪一下就把我卷入海底，令我喘不过气来，看不见希望！

三是我怎么办呢？我能离开闻悦吗？多么想和他比翼双飞、从一而终！爱的割舍好痛心啊！他好像遇到了阻力，一时难以脱身，再等他半年？地下情，哪知我度日如年，要崩溃了，难以坚持下去了。

四是我能离开闻悦吗？我知道我付出了沉重代价，失去贞洁和第一个孩子，这个苦果是我自己酿的，我能吞下吗？

五是那个欢欣踊跃而来的小生命、那个半瓶血水令人目不忍视，那时在惊慌中丢掉了他，感到挺揪心的。为什么会有人流这样的手术呢？一直想着再把他带到人间来。如果没有他的父亲了，他就进入永恒了。

六是闻悦浪漫而富有诗意，每次见面都一起坠入爱河，他爱意绵绵，我也担心：二次怀孕怎么办呢？我只能回避他。

七是我怎么办呢？我能离开闻悦吗？从没有想过要离开他，我也不能等着嫁他！

八是我离开闻悦难，还是那个婴儿离开妈妈难呢？孩子的幸福来自母爱，谁也替代不了母爱！

那我呢？是为爱做奉献吗？思绪纷纷扰扰，泪眼婆娑。

对于闻悦的个人情况，我知之甚少，他多大年龄，哪个大学毕业，月薪多少，家住哪里，家庭成员情况，家庭经济状况，我都不知道。甚至他的名字都不知是真是假，竟然和他混得这么深难以自拔！盲目地一见钟情！

闻悦风流倜傥、温润如玉、说话饶有风趣，他的气质风度令我难以忘怀，不由得泪眼婆娑。

在那纯情的时代，闻悦没有给我送过一个礼物，没有请我吃过一次饭，也没有带我去酒店开过一次房。我也没有给他端过一杯水喝！

而他给了我满满的爱情，给了我那么多蓝色的浪漫。

我们的爱似钻石嵌入青春！

那时的我思绪纷乱，反复思考，进退维谷，怅然若失，我被爱所困！

爱的割舍好痛啊！

和闻悦认识一场，他带给我的是什么呢？

我本来是正妻，他把我变成二奶，现在还得去做后妈？

对于闻悦，我只能望洋兴叹！！！

我还会被扣上狐狸精、二奶、小三的帽子，让人从背后指点议论、羞辱谩骂。

这怪谁呢？

这到底是谁的错呢？

那时的我真是——愁云惨淡万里凝，一片伤心话不成；化作渭水都是泪，忧伤漂流天尽头！

我如堕五里雾中，随风飘荡……

我被爱所困！爱的割舍好痛啊！

"人人尽道断肠初，那堪肠已无。"

爱神的翅膀遮住了我爱情的火焰。我独自在苍穹下心若止水。

2021年1月12日周二，下午3点，我和洵美在南阳台坐着聊天。

想着那年，在"桃花依旧笑春风"时，一位英俊挺拔的谦谦君子走进了我的世界。

百　川

1988年5月5日周四，四中同学林歌来书店找我说："小梅，我妈说给你介绍个对象，是二院的医生，人长得可帅了，下班了去看看吧。"

"嗯。哪里人呢？"

"我不清楚，你去找我妈问一问。"

"嗯，行。"

下班后，我和林歌去了二院，见了她妈妈王大夫，王姨见到我后高兴地说："小梅，来坐下，给你介绍个对象，这个人叫百川，30来岁，今年刚到我们医院家病科，是从部队转业回来的。不过呢，这是个已婚的，还带着一个男娃，他前妻出了意外人没了。"

我听了没什么感觉，就像在听她说一个故事。

"一会我领你下去把人看一下，这人长得高大帅气。又礼貌又勤快，跟我一段时间了，我医院的人都说这个人很好。"

王姨用院内电话和家病科联系，她说："家病科吗？百川在吗？"

"他刚出去了，一会回来。"

我们在王姨科室待了约半小时后，她说："走吧，百川回来了。"

我和林歌跟着王姨走，走过院子，走到西边的一排平房，在南二的一间房子旁，我和林歌站在门外，王姨走进去和屋里的人打招呼，一会王姨和一个男子出来站在门口说话，我看这个男子挺老气的，有40来岁。

王姨说："刚才和我站在门口的这个人就是百川，是不是很帅，你看怎样？"

我没有言语，因为我没什么感觉。也许那时我心不在焉吧。

"百川33岁，有一个儿子4岁了，是从部队转业回来的。今年刚分到我们医院，在家病科，给市上老干部看病保健。"王姨一边走一边给我介绍着百川。

"到周末我领你跟他见个面认识一下，这人人品非常好，进科里跟我临床学习了一个来月，我比较了解他，人勤快有眼色。"

离开二院，我想着王姨介绍的这个医生，他的前妻去世了，儿子4岁，感觉他挺可怜的。人生四大不幸他们父子俩遭遇到两个，幼年丧母，中年丧妻。这么悲哀的气氛，我不想结识这样的人。

我给林歌说："王姨说的这个医生，我不想见。"

"为什么？"

"这个人丧妻，让人感到发怵，不美气。"

"你去见他一下，可以不跟他谈。我妈已给人家说了。"

"嗯嗯。"

"我妈给你们约的是周六下午6点，你到医院来找她，她带你去见那个医生百川。"

"哦哦。"

"你要去相亲，打扮得漂亮些。"林歌笑着说。

我从来不知道打扮自己，没化过妆，也没有什么新衣服可穿，那天我就和书店同事换穿了一下上衣，她刚买了一件黄色短袖上衣。晚上我穿着那件黄色上衣去见面了。

1988年5月7日周六下午6点，王姨领我去二院后院的一个小花坛，在那见了百川，他穿了一身淡蓝色的短袖套装，王姨介绍说："这是我医院的百川大夫。"我羞涩地看了他一眼。

"这是小梅，在新华书店工作。"王姨说。

百川走上来就和我握手："你好！"

"你们认识一下，聊聊。我先走了。"王姨说完就走了。

"我们出去走走。"百川说。

我跟着他走出了二院大门，他说："我们去古渡公园转转。"

我们向东走着到古渡公园去。古渡公园是市政府新建的，公园沿着渭河建造，公园里空旷无人。况且那年代也不流行户外活动。

我们走进公园，公园有花草树木，我们顺着草木丛中鹅卵石铺的小路走，它是沿着渭河岸平行的小路，不远处就是渭河边。我们慢慢地走着，百川说："我是陕西大荔人，18岁去山西原平当兵学医，在部队服役15年，去年12月转业来咸阳。我的前妻是今年元月去世的，她是自己服安眠药过量抑制呼吸亡故的。这件事让我跳进黄河也洗不清，忍辱负重背黑锅。"

他稍停了一会说："去年12月我从部队转业来咸阳办理转入地方手续，一个月后才办好二院入职手续，医院说让我下周一来上班。"

"新年元旦，前任说她想去北京，她没去过北京，我就带她去北京旅游一趟。那时她情绪低落不高兴，因为她之前是在单位财务科上班，她在财务科也没管账，就是个内勤打杂的。年后科室精简人员，把她从财务科调到车间上班，她感到没面子，心里就不痛快。她要去北京我就带她去北京转转，天安门、故宫、颐和园等，她是走到哪吵到哪，天天闹得人心神不宁。回来她还是神情沮丧、脾气暴躁。回来这两个月我东奔西跑安置工作已身心俱疲，还得忍受她的喜怒无常。

"事发前的那个晚上，我大意了没忍住也没想到。

"她在床上看书，后半夜了还不睡觉开着灯，我这人的习惯是开灯睡不着觉，我说：'不早了。我和儿子要休息，你关灯我们睡觉吧。'她不听只管翻看她的书，书被翻得哗啦哗啦地响。'明早你还要上班呢，关灯睡觉！'我说完就把灯关了。她打开灯，我关灯，她又拉开灯，就这样反复了好几次。她不住地口吐芬芳，我再关灯时，她骂我：'你他妈的！就要开灯！就不让你们睡觉！'我一听她骂我妈就来气，我们吵起来了，她野蛮地连踹我几脚，我不理她，她恼羞成怒地上来打我，抓我脸，后来用凳子砸我。我挡了一下凳子反弹碰她身上了，我也没管。她起身去对面小屋了。

"第二天早晨7点多她出门上班去了，10点她就回来了，11点后她妹妹来了，问她姐呢？

"我说在小房间。她妹进去看了看出来说她姐睡觉了，还说上午她姐去了一趟单位，又去了一趟她妈家。说完她妹便出门走了。

"第二天上午，由于昨夜吵架生气，我也没搭理她，我把家里的地板拖了拖，到中午12点，儿子说他饿了，我去厨房弄吃的，到了中午1点做好饭，我让儿子去叫她出来吃饭。

"儿子说他叫了，他妈妈不理他。

"我和儿子就先吃饭了。

"直到下午3点后，我进小屋看她，她盖着被子，她的床头上放着半瓶开盖的安眠药。我见状心惊肉跳，我看了她一下，好像没有生命体征了。"

百川讲述着，我的思路跟随他讲的一个个情节，我的眼前浮现着被子下盖着那个没有呼吸的女人，吓得我毛骨悚然，我搂住他的胳膊瑟瑟发抖地说："我们快走回去吧！"

"你别怕！有我在呢，这是我经历过的事情。"说着他就拥抱住我。

就这样我投入了他的怀抱。后来他就成了我的丈夫！

第二天周日中午，我在书店上班，百川来书店给我送午餐，他说："这是我包的饺子，送给你几个尝尝。"他把装着饺子的餐盒递给我，我惊讶且害羞地说："你会包饺子？"

"在部队学的。"

"嗯嗯。"我不好意思地接过餐盒。

他在柜台外走了走，看了看橱柜摆的书，随后说："你吃饭吧，我先走了。"

"你的饭盒在这。"

"先放你这，随后我来拿。"说着他离开了书店。

我送他走到书店门口，他说："晚上7点我在北门口街心花园等你。"说完他推车子走了，回头望着我满面春风。

师傅笑着说："小梅，这是你对象？这小伙子长得这么帅，还会做饭，你看人家包的这饺子，跟饭馆包的一样。"

晚上 7 点我去北门口街心花园，百川坐在花园边的花砖上看报纸。我走到他跟前，他笑着说："我们还是去古渡公园吧。"

我们到了古渡公园，我们沿着渭河边道向东走，百川说："我 18 岁当兵，那时我意气风发、神采飞扬，对前途充满希望，在部队勤奋敬业。转业后想安居乐业，享受这来之不易的美好生活。可谁能想到，这场飞来横祸！

"那天下午我发现她异常，就叫了 120 救护车送她到医院抢救，医生说：'人已经没了。'当下的晴天霹雳把我吓瘫了！

"我初来乍到人生地不熟。她意外死亡，我很悲伤，一头雾水，很茫然。她娘家一大拨人把我当作千夫所指的罪人。他们见我个个指责谩骂、哭诉声讨。他们请法医鉴定，结果没我什么大责任。

"接着给他们家人补偿，之前她弟是在彩电厂上班，彩电厂给员工发送的内销电视，他给的我是半价 300 元，出事后她大弟要求再给他 300 元，还有我在部队时买的准备做家具的木料，也送给了她兄弟，应要求给她父母买了一套高端音响，家里衣柜中的东西她妹妹及亲戚都收拾走了。那时我想只要把儿子给我留下，其余东西均可拿走。

"下来还要给她办丧事，她们家要求的厚葬礼我都照样买单。

"两天后我母亲和我弟来咸阳，葬礼那天，她们家要求我母亲给她披麻戴孝，我愤然拒绝了！头七、二七……她们家亲戚都来我住处烧纸、号啕大哭。那时的我如同在人间地狱煎熬！"

百川停了一会继续说。

"部队给的 1200 元转业费，还有 30 岁前我挣得那点家产全都贡献给这个女人了。我遇到了一场人财两空的浩劫！现在我就一个人，还有一个 4 岁的儿子。"

"人在青山在！"我看着他轻声说。

"你善解人意，我一见倾心！"他说着就紧紧地拥抱我。他身材修长，腰细脸清秀瘦削，他的胯骨都硌人。

我听了他的经历很有触动。

从那天后，百川除了工作时间外，每天其余时间都是围着我转了。

两周后的周日，下午 2 点我下班后，他叫我去他的住处看看。他的住处是城西边的一个厂矿宿舍，二楼中间的一个小单元房，约60平方米。在院子遇到一个邻居跟他打招呼。

他领我进了他的住处，进门客厅很小，有一个两人座的木沙发，有一个小圆餐桌、四个小凳子，大屋子有一张双人床，小屋子有一张单人床，厨房、卫生间都很小。

我们坐在客厅沙发上说话。

我安慰他道："百川，这几天听你讲的不幸遭遇，真是百年不遇，覆盆子冤，无处申诉的冤枉。你要宽容自己，不要有负罪感。这个女人给你带来的是一场灾难，你也是受害者，她的家人应该同情你。他们不但不同情你，反倒乘人之危，趁火打劫，落井下石。"

"嗯。那几个月我一直悲伤不已，不思饮食，乱头粗服，胡子拉碴，灰心丧意地在床上躺了两个多月。他们家人什么话恶毒就用什么话来责骂攻击我。"

"嗯嗯。这个女人香消玉殒，令人可惜可悲可叹！但这个女人要对她自己的选择承担后果，她这样不顾一切的行为，不考虑她的父母，不考虑你，可怜的是她连自己儿子今后怎么办也不考虑！"

他点点头。

"我相信你不会害她。你是医生，是治病救人的；你也是军人，危难时刻，人们看见军人就看到了希望。"

"拨开云雾见青天。云开见日！感谢遇见了你！"说着他把我抱在怀里。

从此后，我再没有提过他的前妻。我想帮他忘记这段悲痛的往事。

过了几天，百川见到我，笑着说："今又碰见楼下那个邻居说道：'周日你带的那个十八九岁小姑娘长得心疼得很！'"

我感到惊讶，我在别人眼里只有十八九岁吗？

西　瓜

1988年的七八月，百川老家大荔，他兄弟种的西瓜熟了，在咸阳他联系了一些单位帮家里卖西瓜，周日早晨他带车到大荔拉西瓜，他让我晚上在他住处等他回来，他说一天见不到我就不安心。

晚上 7 点我去了他的住处，收拾了一下房间卫生，给他准备了晚餐。晚上 10 点他还没有回来，我困了就躺在床上睡着了。

我去了卫生间，有一个穿着白色睡裙、披头散发遮着脸的女人跟进来，把我逼到墙角，她上来就扑向我要抓我，她想掐我的脖子，我使劲阻挡不让她靠近我，我跟她推推搡搡奋力搏斗着，感到力不从心招架不住的时候，忽然我坐起来，惊惧得一脸汗水。哦！原来是个梦。

百川去大荔拉瓜回来就到半夜了。他说："村里拉瓜的大车太多了，把出村的路压塌了，车出不了村子，得绕行别的村，行程就耽误了。"他吃完夜宵，已凌晨 1 点半了。他筋疲力尽地说："今晚我没精力送你回家了，你住我这吧。"我看着他很累只好住他这，凌晨 5 点我起来回家，早晨 7 点半再去上班。

第二天，我对百川说："以后我不独自在这个房间待了。"我对他说了昨晚做的噩梦。

"你别怕！那是个梦而已。"

"也许是民间传说的阴魂不散吧。"

"我认为你要搬家，离开这个悲伤之地，换环境换心境。新环境能使人神清气爽。"

"行。我去问问二院，看他们能否给我找个房子。"

"嗯。"

"那以后你得来陪我，我也不敢在这住了。"他用畏惧的眼神看着我，我以为他真的害怕呢！

"你得每天晚来陪我！"

"哦。每天我得凌晨起来跑回家呀！"

1988 年 9 月的一天，凌晨 5 点我回家到了大门口，母亲在门口的石墩上坐着，我见了母亲心里发慌，叫了声："妈，你起来得早。"

"嗯。夜里你去哪了？"

"嗯。昨晚去书店值班了。"我撒谎。

"哦。"

我进了我的小房间，母亲跟我进来，她坐在小床上谨慎地说："小梅儿，你得嫁人成家了，咱 30 往 40 走呢，光阴不等人。"

"哦哦。"

"家是人安身立命之所。"母亲说。

"嗯嗯。"

我见了百川说："以后晚上我不能来你这了，我妈好像发现我晚上不在家住了。"

"那我晚上去你那住。"

"我那哪有地方让你住！"

"你那个小床就可以睡两个人。你看那个火车卧铺多窄呀？还挤着两人睡呢。"

"我那真不行，我们那一大院子人。"我羞怯地看着他。

"开玩笑呢！二院答应给我找间房，下周就有信了。"

"好消息！"

"搬到二院居住就离你家近了。"

"嗯。我妈说让我找个人嫁了。"

"好啊。你嫁给我吧！"

"那你去给我妈说去。看她怎么看你啦。"

"我会提升你身价的，她一定能看上，我是军人仪仗队的达标美男。"他微笑着说。

我笑而不语地端详他。

俄顷。

"哦。也是，我得去你家上门求亲。"

渭水绿溶溶

1988年9月第三周周日，百川提了两瓶西凤酒和一盒月饼来到我家。我大姐一家和二姐一家人都来了，还有院子的邻居们也来了。他们都说这个女婿长得好。我们家人也是喜笑颜开对他啧啧称赞，母亲更是喜上眉梢。我很少见母亲笑过，今天看到她脸上露出了笑容。

中午在我家聚餐，家人和百川聊天。

下午我和他去渭河边走了走，百川拉着我的手走在渭河沙滩上，眼前展现出渭河清晰美景，泥沙上留下一串串双人脚印，渭水远看是黄色，用手捧起却是清水。李白说得对："渭水银河清，横天流不息。"

我们在渭河岸边的石头堆上坐下，看着渭河秋水流、渭水天边映。

这是白天，渭河滩上仍然无游人，近处有一个码头，有两只木船来回送行人过河。艄公大声喊着："上船，上船走喽！""下船，下船上岸咧！"

行人说秦腔，方舟渡渭水。

百川眼角微微上扬，笑问："你看你们家人对我满意吗？"

我回眸一笑，摇摇头。

"我回去问问。"

"你面很善，越看越漂亮，貌美如花。"他喜悦地看着我说。

"郎才女貌，'郎才'在前面！"

"哦。我可能不才，是个小医生而已。"

"我妈说男人要有养家糊口的能力。"

"这个能做到。即便不才，我也能去出苦力养家糊口。"

我笑而不答。

"你真的很美，你身上的每个部位都很美！"他凝视着我说。

"你美得像一首歌，总让人心动神驰。我有你就好！"说着他把我搂在怀里。

我感到他的生命在燃烧，他那颗滚烫的心热情似火，快将我融化了。

我看他一眼，心底有股暖流涌上心头，怦然心动，满心欢喜。

咸阳渭河水好像是我的红娘。渭水洸洸浪，渭河新水流。

1988年9月最后一周，二院房管处给百川分了一间房子，在凤凰台西侧的一个小院子里。这里有一排门户向东开的平房，有三户人家，分给他的是挨大门的第一间房，这个房子不大，一个小套间约18平方米。我去帮忙把房间打扫了一下。

1988年10月1日国庆节，百川搬到这里来住了。新家新环境，我看着他精神抖擞、容光焕发。

"和你在一起的这些日子，我像新生了一样。"他欣喜地拥抱我。

婚　礼

1988 年 11 月 12 日周六，明天是我举办婚礼的日子，当天一天都很忙，晚上，母亲坐在我跟前看着我，默默无语。

"妈，你看百川这个人怎样？"

"他人高高大大的，长相挺有排场，每个人都有各自的脾气秉性，你要察言观色，慢慢地适应他。"

"嗯嗯。"

"谁娶了我女儿小梅，谁就是有福的人！"

"妈。谢谢您的祝福！"我看着母亲，心存感恩。

"我女儿要出嫁了都没有一个金渣渣。"母亲叹息地说着，怆然泪下。

那时女子出嫁的三金——金戒指、金耳环、金项链我都没有，所以母亲难过得泣数行下。

我向来对钱财没什么意识，我心富裕我不贫！

百川囊空如洗没钱给我送彩礼送三金，但他对我说："一见你我心就静下了，看到了未来和希望，你是我的人，我会用一生来爱护你、照顾你！"

快子夜时，百川来了。"这么晚了，你咋还过来呢？"

"我来看看你，否则睡不着觉。"

"她们说明天会很累，你回去早点休息吧。"

"今晚你在娘家住最后一夜，我也来陪陪你。"

"明天你就是我的新娘了！"他渴望地看着我微笑。

现在想想百川——他是"家贫思贤妻！"的真人秀。

他的情真意切，令我承蒙厚爱，倍感珍惜！

1988 年 11 月 13 日周日，阴历十月初五，这一天是我大婚的日子。

婚礼是由二院百川科室的同事来操办，他们给我们办了一场隆重的婚礼。

婚礼是在纺机招待所大礼堂举行。娶亲的车有 6 辆，婚车是一辆黑色皇冠轿车，一辆丰田中巴车，一辆新黄海大客车，还有三辆其他轿车，在法院街 29 号大门前摆了半条街，街道两边是围观的街坊邻里。

婚礼那天我化了新娘妆，穿了一身红色新娘礼服，百川穿了一身深蓝色西装，打了一条红色真丝领带。当新郎来接亲，鞭炮在大门外噼噼啪啪地响起，忽感惴惴似蹦极，我心跳得很慌乱，出大门时，一股忧伤袭上心头，瞬间泪水盈眶，我忍住不让泪流下来。我被来接亲的两个伴娘搀扶着上车，"新娘子今天漂亮得很!"伴娘笑容满面地说着陕西话，我微笑着未答话，不知道为什么，我的心情很沉重，有一种无喜无悲无名状的难受，百川是高兴得合不上嘴，他对我说什么我也没心思听，我难以言喻当时的心情，车开到法院街口向右拐弯时，我头晕得失去了知觉。

婚宴是设在纺机招待所云锦苑，我们走进院子，中央花坛中月季花盛开，东院墙整面绿油油的爬山虎郁郁葱葱、翠色欲流，走廊院子非常干净，婚宴厅洁净宽敞，尤其正面的一幅壁画令人赏心悦目：一群白鹤在蓝天上飞翔。

那一天我没有笑脸，不知怎么了我总是笑不起来，而百川是风度翩翩、笑容可掬。

婚礼由百川的科长主持，王玉莲（王姨）做了证婚人致辞，在婚礼上我头晕反胃。参加婚礼的有我们娘家亲戚，有院里的邻居，百川他家只有他的母亲和弟弟，还有我们书店的同事、百川二院的一些同事。新郎新娘陪同主持人给亲友、来宾一一敬酒，我是新娘，坚持把婚礼进行到结束。

下午婚礼结束后回到新房，我依然头晕且头疼发冷，就靠在床上休息。邻居们的孩子趴了一窗户，他们指指点点着看新娘。我又想起我小时候，别人说去看新娘子，我也去，那时并不知道新娘子是什么，想想孩童时真是傻，却傻得天真可爱。

百川的弟弟让孩子们下来，怕把窗户挤坏了，他一走，孩子们又来了，一次又一次挤上窗台伸头看，我看着他们晃动的额头和欢喜的眉眼，让伴娘给孩子们发点喜糖。伴娘去给他们发糖时，他们欢叫着哄抢。

我出去送客时，孩子们也跟我到门口，我进来他们也进来，十多个孩子们欢跃地围着我转。今天可真是我的大喜日子!

婚礼这一天我不想吃东西也不想喝水，回去就躺在床上，晚餐也不想吃东西。

百川给我拿药吃，药也吃不进去，吃了就吐。

"你是怀孕了吗?"

"啊!"

听他这么说，忽然给我吓醒了，怎么又怀孕了?

"明天去医院检查一下吧。"

期待的洞房花烛夜，就在我的难受和恍恍惚惚、昏昏欲睡中度过了。

少女时就向往着美好神秘的洞房花烛夜，该怎样浪漫满屋，爱意缠绵，柔情似水。这是一生中最有仪式感的一个幸福夜晚！

第二天早晨，百川带我去医院检查，B超报告结果出来，我真是怀孕了。走出医院，我心生欢喜。

我儿子也来参加我的婚礼了！这真是双喜临门啊！

上午百川的母亲和弟弟走了，百川送的他们。

第三天上午，我和百川去娘家回门。

我和母亲坐了会，她说："小梅儿，你出嫁了，就是人家的人了，要尊重夫君。要和百川好好过日子，小媳妇要比大姑娘还迷人，大姑娘是含苞待放的花朵，小媳妇是刚绽放的鲜花，美丽动人，不要招惹外面的男人。要有内外之分，要顺从你的丈夫，要安分守己守住自己的家。"

"嗯嗯。"

"男人有时会很脆弱，要细心体贴；有时也会糊涂犯错，别说过头话。年好过，月好过，日子难过。漫长的岁月里，遇事都要大事化小，小事化了。"

"哦哦。"

"养女儿是让孝敬婆婆的，不是孝敬娘家妈妈的。"

"哦哦。"

"要懂得'上床夫妻，下床规矩'。"

我惊讶地看着母亲：妈妈没上过学不识字，怎么懂得这么多？

1988 年 11 月 21 日周一，阴历十月十三。早上百川带我去他们家乡大荔，我们是先坐火车到西安，又从西安坐大巴去大荔。一路上大巴车的颠簸，还有车上旅客抽烟、咳嗽、吃东西、呼吸所散发的气味，令我干呕，如同受罪。到大荔县后再坐中巴到他们家安仁镇，从这里去他们村要走五里上坡路。

快到他家村子时，我在想昨晚我妈对我说的话："明天你到你婆家去了，见到你婆婆就叫'妈'，别闪住嘴，不然以后就叫不出口了。"

继 子

我在想一会见到他妈时的情景，我们进门时，百川先叫妈，我跟着叫吧。可是当我们走到大门外，百川见到他小儿子在门外玩，他快步走上去抱起儿子亲昵地说话，我愣着站在那看，他的母亲就站在大门口，我不知道该怎样向她打招呼了。

他和儿子玩耍了片刻，抱着儿子走，我跟在他后面就这样进了大门。

刚进门不久，婆婆就把百川小儿子推到我跟前，说："鸿飞，叫妈妈，鸿飞叫妈妈。"孩子扭扭捏捏地也不叫，他跑出去了。

顿时我面红耳赤，心跳不已，我竟没想到我要做后妈了。

过了一阵。

婆婆一再领孩子到我跟前来催着孩子说："鸿飞，叫妈妈，鸿飞叫妈妈！"

他扭来扭去地闪躲还是不叫妈，最后他小声咕哝地叫了一句："妈妈。"就跑出去了。我没听清也不好意思答应。

我的天哪！我发现我的大脑有问题，我和百川刚认识时他就说他有一个4岁的儿子，我没有见过，就没有意识，以为他是个单身，现在亲眼见了才意识到他有个儿子。我还得尽快去适应这个孩子。

我们到他家时已是下午3点半了，他们家准备了一桌饭菜，请了村里的几个亲戚来一块用餐，算是给百川开了个新婚发布宴会。

我们被安排住在院子东边他弟弟的房间，他弟和弟媳去后面的小房子住。土炕上铺着蓝色粗布条纹新床单，两床大红花新被子。粗布床单是婆婆自己织的，被子里套的棉花是他家自己种的，自给自足的自然田园风很接地气。

晚上，小鸿飞一直在闹着要跟爸爸睡，他婆怎么哄他都哄不走，百川只好就让儿子睡在我们房间。我躺在窗台这边，百川睡在中间，孩子睡里面。

身处这情景，我感到非常别扭，心头像压了一块大青石。

我很困，感到非常劳累，但今夜却睡不着，辗转难眠。

百川搂着儿子把他哄睡着了，再转身过来拥抱我，亲吻我的额头。瞬间我眼里噙满了泪水。

我的新婚好新奇！前无古人，后无来者。

好似铜雀春深锁二乔。

郁闷！郁闷！郁闷得没得说！

1988年11月22日周二，阴历十月十四。上午他们一大家人都忙活着给百川父亲过三周年祭日，他兄弟姐妹家的侄子、侄女、外甥也来了。

我倒是个旁观者，闲得没事干。

百川有4个兄弟和1个姐姐，唯独他长得鹤立鸡群，不土气。

百川，见到他的人都认为他很帅，在我没和他认识的时候，王姨就说："百川是个美男子，人们有目共赏。我这一生阅人无数，真是少有的容止。"她是那样肯定他的美。促使我也好奇地想见他一面，我和他认识后，我的家人、院里邻居，还有同事对他的形象交口称赞。书店师傅们说他是新的"城北徐公"！

我好像是在人们的赞美声中追随他，没有发现他格外俊美。但今下午在他家院子，他蹲在院里，手扶着眼角看着正在玩耍的儿子时，我忽然发现他很秀美，朗目疏眉，双眼闪烁着自信的光芒，双眼皮的棱线是那样清晰和分明，鼻翼细嫩洁白，高而峻嶒的鼻梁鼻尖，薄唇微抿若有所思。他站起来高昂的军姿挺拔有力，加上大步流星，我才发现他真的是美无度啊！

还有我们上了大荔去西安的长途车后，由于没有位子，我和他坐在走道斜对面，相隔有两米，他脉脉含情地看着我。我端详着他，他宽宽的额头，乌黑的头发，穿着药黄色衬衣，宽肩阔胸膛，显得脸庞更端庄了，我看他不仅帅，而且有气派。他也是"皎如玉树临风前"，令人神往。说也怪，我们认识了这么久，结婚前和他形影相随，这个时候，只有这个时候，我的心才开始关注他对他情有所依。他令我的爱慕之情油然而生，真想拥抱他，亲吻他。也许我爱他，从这时才开始"执子之手，与子偕老"。

由于昨晚失眠，今晚我不舒服，自己先回房间睡了，今晚百川没让儿子来这个房间睡，百川和他家人说话都说到三更半夜了。

夜深人静时我想起王姨对我说过："你要考虑百川有个儿子，他说他和他前妻感情好得很，她这样不幸走了，他一定要亲手把这娃抚养大。"

那时我没在意，和百川交往了半年也没意识到这件事，现在眼见为实。

俗话说：后娘亲死不亲。

我怎么办呢？

木已成舟！

去乘风破浪！

海浪高汹汹，人浪高汹汹。

海浪有岸躲，人浪无处藏。

世界静悄悄，人心有风暴！

我非美娇娘，百川愿娶我，不是娶个娘娘来伺候，我要生儿育女，建立新家庭，养育儿女成人，让儿女感到家是世上最幸福的地方，得让家庭和和睦睦，人丁兴旺，家业兴隆！

积善之家，必有余庆。

我在想未来我们的家庭该怎样规划呢！

怎样能改善这贫困的现状呢？有钱了养育几个孩子都没问题！

能当后妈的是有大爱的女人！

有 喜

1988 年 11 月 23 日，阴历十月十五。清晨起来我的孕吐越来越重，什么也不能吃不能喝。我儿子来了跟哪吒闹海似的，令我心神不得安宁。

在返程的路上，我豁然开朗，看见眼前的一切都很美好，广袤无垠的田野生机盎然。沃野良田阡陌纵横，一片片苹果树园，绿树成行，沿路潺潺流水，渠坝上骑车子的村民来来往往。一派欣欣向荣的乡村田园风光。

西安古城是有颜值、有气质、有精神的现代国际大都市！咸阳古都曾是不可一世的大秦帝都。我们家在咸阳。行走在昔日繁华的大道上，面向未来旭日东升、霞光万丈的光明世界前行。

怀孕让我感到女人的自豪，感到母爱的伟大，感到日月入怀为母则刚的心境。感到新生的力量和自信。喜气洋洋地带上我们生龙活虎的儿子，面对人生接受挑战，勇往直前！

早晨 7 点我们就准备走了，这时百川兄弟找来了一辆小面包车，送我们到大荔长途车站，这次一起回去的还有百川的小儿子。孩子坐我跟前，在车上我问他："你叫什么名字？"

"鸿飞。"他低声说。

"鸿飞，你的名字很好听。"

"你上幼儿园了吗?"

"没有。"

"回咸阳送你去上幼儿园好吗?"

"好。"

"你会唱儿歌吗?"

"会。"

"你唱儿歌让我听听好吗?"

"鹅,鹅,鹅,曲项向天歌。白毛浮绿水,红掌拨清波。"

"鸿飞唱的儿歌很好听!"

他听见我夸他,露出了可爱的笑脸。

"谁教你的儿歌?"

"阿姨。"

我拉起他的手问:"你的手有几个手指呢?"

他伸出双手给我看。

"一只手是 5 个手指,两只手是 10 个手指。"

"是 10 个。"他学着说。

"你喜欢儿歌吗?"

"喜欢。"

"我教你一首儿歌好吗?"

"好。"

"一去二三里,烟村四五家。亭台六七座,八九十枝花。"

我们这一路坐车倒车等车用了七八个小时。鸿飞也就不停地在学唱这首儿歌。从此后他就黏上我了。

咸　阳

下午 5 点我们回到咸阳,那天我让母亲在我家等候,我们进门时母亲看见小男孩鸿飞,欢喜地拉住他的手对我说:"小子不吃十年闲饭。你要好好待这个男孩子,他长大了好给你干活!"

母亲说的话和善可亲,像春风化雨洒进我的心田。

随后我送鸿飞去上国棉一厂幼儿园。每天早晨 7 点我骑自行车送他去幼儿园，傍晚 6 点去接他回家。每当到幼儿园接他时，他看见我跑过来时都高兴得欢蹦乱跳。

在养育鸿飞长大的岁月里，谈何容易？鸿飞机灵聪敏、调皮捣蛋，而我总是心平气和地顺着他说好听话。

1989 年 7 月 14 日，在咸阳市二院妇产科，我儿子天成出生了。接生的护士笑着说："你生了一个白白胖胖可爱的大儿子。"见到儿子第一眼时感到满心欢喜、万事大吉，再没有比生个儿子来到这人世间更让人心花怒放、心满意足的了！

我的新家，四口人，就要开始新生活了！

愿我爱上我嫁的人！爱上我的家！

2021 年 1 月石家庄的疫情，让我们被封控在家里，虽然生活多有不便，但也让我有了更多的沉思时光。

33 年后，2021 年 1 月 28 日下午，百川和我在客厅坐着喝下午茶。

我问他："我们结婚前，你说让儿子鸿飞在你老家大荔待一个月，让我们度一个蜜月。为什么一周后我们去你家认门时，你就把儿子带回来了呢？"

他沉默了片刻说："我忘了！"

我也无语了。

现在才想起来，我不知道那时为什么会嫁给他，好像是被追赶似的慌不择路！

现在发现好奇怪，闻悦好像为与百川谈恋爱，打了一个前站！

那时对闻悦的爱情的火焰像被爱神翅膀遮住了，眼空无物，我心若止水。

随之他就被抛到九霄云外了！

从此 33 年杳无音信，我们没有见过面。2021 年春我又想起闻悦。

不知道他还好吗？他曾经是我的挚爱。但愿他还在人间！

一生能有几个人爱你？一生你能爱几个人？

人需要情人，哪有情人一片天？

现在想想人生中的婚姻真好像是天注定！

我辛苦奋斗成"黄金圣女"，就是为了嫁一个人成家？

根

早知道这样，还不如在 20 岁前就找个人嫁了！

一生能有几个人爱你？一生你能爱几个人？
人需要情人，哪有情人一片天？
愿我爱上我嫁的人！